LA REBELLE
DES SENTIERS DE LURE

DU MÊME AUTEUR

La Tour de Malvent, Belfond, 2012
Le Chant du papillon, Belfond, 2011
Le Cri du goéland, Belfond, 2011
La Maison des Houches, Belfond, 2010
Les Secrets de la forêt, Robert Laffont, 2010
Les Enfants de l'hiver, XO, 2009
La Malédiction des louves, Robert Laffont, 2008
Et l'été reviendra, Robert Laffont, 2008
Le Chat derrière la vitre, L'Archipel, 2008 ; De Borée, 2010
Nous irons cueillir les étoiles, Robert Laffont, 2007 ; Pocket, 2009
La Peste noire, XO éditions, 2007 ; Pocket, 2010
Le Roi chiffonnier, XO éditions, 2007 ; Pocket, 2010
La Conjuration des lys, XO éditions, 2007 ; Pocket, 2010
Juste un coin de ciel bleu, Robert Laffont, 2006
Les Âmes volées, Fayard, 2006
Le Porteur de destins, Seghers, 2005 ; Pocket, 1994 (prix des Maisons de la presse ; prix du Printemps du livre de Montaigu ; Grand Prix littéraire de la Corne d'or limousine)
Les Colères du ciel et de la terre, Robert Laffont, 2005
Le Dernier Orage, Pocket, 2008
La Montagne brisée, Pocket, 2007
La Couleur du bon pain, Robert Laffont, 2004
Des enfants tombés du ciel, Robert Laffont, 2003 ; Pocket, 2009
Une vie d'eau et de vent, Anne Carrière, 2003
Lumière à Cornemule, Robert Laffont, 2002 ; Pocket, 2005
Le Voleur de bonbons, Robert Laffont, 2002 ; Pocket, 2004
Dernières nouvelles de la terre, Anne Carrière, 2001
Maisons au cœur, Robert Laffont, 2001
Le Silence de la mule, Robert Laffont, 2001 ; Pocket, 2004
Un jour de bonheur, Pocket, 2001
Lydia de Malemort, Robert Laffont, 2000
L'Heure du braconnier, Pocket, 2000
La Nuit des hulottes, Robert Laffont, 1999 ; Pocket, 2006 (prix RTL-Grand Public)
Les Frères du diable, Robert Laffont, 1999
L'Or du temps, Robert Laffont, 1998
La neige fond toujours au printemps, Robert Laffont, 1998 ; Pocket, 2003
L'Année des coquelicots, Robert Laffont, 1996
Ce soir, il fera jour, Robert Laffont, 1995
Un cheval sous la lune, Robert Laffont, 1994
Les Chasseurs de papillons, Robert Laffont, 1993 ; Pocket, 1994 (prix Charles-Exbrayat)
Le Roi en son moulin, Robert Laffont, 1990
L'Angélus de minuit, Robert Laffont, 1990
Beauchabrol ou le Temps des loups, Souny, 1994

GILBERT BORDES

LA REBELLE
DES SENTIERS DE LURE

belfond

© Belfond 2013.

Belfond | un département **place des éditeurs**

place
des
éditeurs

*Merci à Michel Goujon, Geneviève Perrin
et Magali Brénon*

Benoît Montès dévale la pente. Les graviers giclent autour de lui avec un bruit de grenaille. Il dérape, roule dans un roncier. Un coup de feu claque. Les collines se renvoient la détonation. Dérangé, un épervier s'élève en sifflant au-dessus du bosquet. Une horde de sangliers fuit dans le sous-bois. En contrebas, deux policiers s'arrêtent au bord d'un chemin creux qui s'enfonce dans les buissons.

— Pourquoi tu as tiré ? Tu es fou ?
— J'ai dérapé !

Il avait dégainé son arme par réflexe, parce que les courses-poursuites se terminent souvent par des échanges de tirs. Un homme et une femme d'une cinquantaine d'années sortent du bois, affolés.

— On a entendu un coup de feu...
— Ce n'est rien, dit l'agent qui a tiré.
— Tant mieux, fait le promeneur en s'éloignant sans demander son reste.
— C'est foutu, reprend le policier. On ne pourra plus le rattraper. Mais de toute façon il n'ira pas loin.

Le soleil bas sur l'horizon illumine une pente ocre d'où s'élèvent des tourbillons de poussière. C'est la fin de l'automne ; ici, les beaux jours ne durent pas. Chaque nuit, le gel fige l'eau des mares. Un vent glacé hurle en se brisant sur les rochers.

Les hommes retournent à leur voiture arrêtée sur la route départementale, près du véhicule de Benoît Montès, immobilisé dans le fossé à la sortie d'un virage. Ils en font le tour, en ouvrent la portière arrière et y découvrent des armes de gros calibre dans leurs étuis. Un portable sonne.

— Allô, Julien, dit une voix au policier aux cheveux gris. J'ai le nom de ton délit de fuite. Tiens-toi bien, tu vas être surpris.

— On l'a perdu de vue dans la montagne de Lure, répond Julien. Et tiens-toi bien, toi aussi : on vient de découvrir des armes sur la banquette arrière de sa voiture.

— Le propriétaire du véhicule est Benoît Montès, le fils de notre commissaire divisionnaire !

— Merde ! s'exclame Julien avant de demander d'une voix retenue : qu'est-ce qu'il faut faire ?

— Rentrer. Bernard Montès va être averti, mais tu connais l'homme... Il vaut mieux prendre quelques précautions !

Benoît Montès s'est assommé contre un rocher. Lorsqu'il reprend connaissance, un filet de sang coule sur son front. Il a entendu le sifflement de la balle et n'ose pas bouger, même s'il sait qu'il s'agissait d'un tir d'intimidation. Le silence revenu sur les collines l'écrase. Il regarde autour de lui, d'abord la forêt puis, plus haut, des rochers découpés en silhouettes bizarres, les collines au-dessous et, tout au loin, dans le bleu de la vallée, la route tourmentée qui conduit de Saint-Étienne-les-Orgues au pas de la Graille.

À moins de cent mètres, un bosquet de mélèzes lui offre un abri inespéré. Rampant derrière une petite crête rocheuse, il se glisse entre les ronciers en marchant à quatre pattes. « Voilà, pense-t-il, je suis devenu un animal traqué, un vrai gibier ! Mais qu'est-ce qui m'a pris de foutre le camp comme ça, je n'ai rien à me reprocher sinon un excès de vitesse ! » Il arrive aux premiers sapins. Ses mains de citadin lui font mal. Son pantalon déchiré pend autour de ses mollets égratignés. « Mais qu'est-ce qui m'a pris ? se sermonne-t-il à nouveau. Un excès de vitesse, ce n'est pas grave. Mais les armes... Oui, j'ai eu peur de me faire ramasser à cause des armes ! »

La sonnerie de son portable le surprend. Qui ? Macha, sa sœur jumelle ? Murielle ? Son père ?

— Ah, Macha, si tu savais...

— Mais où es-tu passé ? Voilà deux heures que je cherche à te joindre !

— Je n'ai pas entendu la sonnerie...

— Je m'inquiétais ! Tu n'es pas au tribunal ?

— Non, je viens de faire une petite bêtise... J'avais pris mon après-midi pour aller m'entraîner à Sisteron où je dois faire une compétition de tir demain.

— À Sisteron ? Mais c'est le bout du monde !

— Oui, et comme je transportais les armes sans autorisation, j'ai évité les grands axes pour suivre le chemin des écoliers. Je suis donc passé par Forcalquier, puis par Saint-Étienne-les-Orgues...

— Papa t'a assez répété qu'il fallait demander une autorisation pour transporter des armes, que tu finirais par te faire prendre et que ça ne ferait pas sérieux ! Tu oublies quel métier tu fais ? Être avocat implique une certaine rigueur vis-à-vis des lois !

— Bof, mon métier m'apprend surtout à les contourner, les lois ! Bon, de toute façon c'est trop tard. Je me suis bêtement fait flasher en excès de vitesse, en traversant Saint-Étienne, les flics m'ont fait signe de m'arrêter mais j'ai paniqué, et au lieu de ça j'ai appuyé sur l'accélérateur.

— Pour une connerie... c'est une connerie. Enfin, ce

n'est pas très grave. Tu viens dîner à la maison, ce soir ? Je voudrais te parler d'un projet.

— Je ne sais pas. Normalement, je dois aller chez Murielle…

Un bref silence marque la désapprobation de Macha. L'amie de Benoît, chirurgien-dentiste à Marseille, divorcée depuis peu, accapare son frère, qui la laisse de plus en plus souvent seule. La jeune femme a beau se dire que c'est normal, que Benoît doit faire sa vie, elle se sent perdue quand il n'est pas auprès d'elle.

— Au fait, tu as la carte ?

— Dans mon portefeuille. Elle ne me quitte jamais.

— C'est bien. Papa n'en parle pas, preuve que ça l'intéresse. Je suis persuadée que son horrible bonne femme serait prête à tout pour l'inciter à nous la piquer afin d'aller voir ce que contient le coffre de la tante Agnès !

— L'autre jour, il m'en a parlé, avoue Benoît. Je lui ai dit que c'était toi qui l'avais placée en lieu sûr !

— Même si la tante Agnès était un peu folle, on respectera ses dernières volontés. Son coffre sera ouvert le 24 décembre, comme elle nous l'a demandé, avec les deux cartes, celle de papa et la nôtre ! En attendant, n'oublie pas : il faut que je te voie avant demain après-midi pour te parler de mon scoop. J'aurai peut-être besoin d'un coup de main.

— D'accord, conclut Benoît, mais avant il faut que je sorte ma voiture du fossé où elle s'est enlisée. Ciao !

Machinalement, Benoît affiche sur son iPhone un autre numéro. Une sonnerie, et la voix enjouée de Murielle amène sur les lèvres du fugitif un léger sourire.

— Benoît, tu es où ?

— Quelque part dans la montagne de Lure, avec la maréchaussée aux fesses !

Il lui raconte son embardée au bord d'un ravin, et sa

course dans la montagne, poursuivi par les flics qui n'ont pas hésité à se servir de leur arme...

— C'est insensé ! s'écrie Murielle. Tu vas porter plainte contre ces cow-boys, j'espère ! Ton père arrangera tout ça ! Bon, je te laisse, j'ai un patient sur le fauteuil !

Benoît range son téléphone dans sa poche et observe autour de lui l'immensité vide de la montagne. La route départementale qui serpente entre falaises et précipices forme des lacets serrés. Une faible lumière, déjà hivernale, coule sur les pentes rocheuses où poussent des épineux, de rares sapins et des oliviers noueux. Il frissonne ; le mistral est glacé.

Un écureuil descend d'un hêtre la tête la première, le regarde, puis s'en va tranquillement glaner des noisettes sauvages dans le taillis. Le jeune homme grimpe vers une cime herbue que le vent peigne et marche, transi par les rafales, franchit une crête, puis redescend à vive allure. Il s'enfonce dans une vallée couverte de taillis. Ses chaussures de ville glissent sur les cailloux. Tentant de se retrouver dans cette immensité désertique, Benoît fouille du regard l'horizon, à la recherche de la route au bord de laquelle il a laissé sa voiture.

Le roulement du vent d'altitude domine le silence des collines. Un soleil froid éclaire les pentes ocre et blanc. Le vide. L'angoisse. Benoît pense à sa sœur. Dans quelle folie Macha va-t-elle encore se lancer ? Quand elle parle de scoop, en général, c'est qu'elle va se fourrer dans une situation compliquée, comme la journaliste de France 3 Marseille sait si bien le faire. Benoît sourit : l'image de Murielle s'impose à son esprit. Après son divorce, la jeune femme a emménagé dans un appartement voisin du sien, avec sa fille de dix ans. Au début, le jeune homme se contentait de la saluer, et puis, un soir, après avoir emmené Léa chez son père, Murielle s'est retrouvée dehors : la serrure de sa porte était coincée. Benoît rentrait. Il lui a proposé de l'aider, mais malgré toute sa bonne volonté la serrure a refusé de céder. Aussi a-t-il proposé à Murielle de venir chez lui pour appeler un serrurier.

De gros nuages sombres coiffent à présent les sommets. Benoît s'assoit au pied d'un arbre et pose sa tête entre ses mains.

— Réfléchissons, dit-il à voix haute. J'ai couru dans ce sens, donc ma voiture doit se trouver derrière cette colline. Il faut absolument que je la retrouve avant la nuit, parce que je grelotte déjà. Et puis on dirait que l'orage va éclater.

Il vérifie qu'il n'a pas perdu ses papiers pendant sa course. Rien ne manque. Son portefeuille est bien là, dans sa poche intérieure. Il l'ouvre, en vérifie le contenu, sort une carte semblable à une carte de crédit.

— Voilà le sésame pour ouvrir le coffre de la tante Agnès. Tant que je l'ai, personne ne pourra aller voir ce qui se trouve à l'intérieur, et surtout pas ma satanée belle-mère !

Cette petite joie lui fait momentanément oublier qu'il cherche sa voiture. Les jumeaux détestent la femme de leur père, Virginie Montès, qu'ils soupçonnent de vouloir les déposséder de leur héritage. Et leur père, Bernard Montès, homme fort et droit dans sa vie professionnelle, est tout miel auprès de sa femme...

« La tante était complètement folle ! » pense Benoît en souriant au souvenir de cette femme fantasque et généreuse qui s'était prise d'une passion pour l'informatique avant que la maladie ne l'emporte prématurément.

Le ciel s'assombrit. Benoît avance entre les ronciers, gravit une longue côte, tourne et retourne, contourne un vaste trou dans le sol, aperçoit au loin une cuvette plus vaste encore. Près de lui, un filet d'eau coule entre les joncs à la pointe sèche et les orties recroquevillées par les premiers gels. Des plantes aux larges feuilles rouillées s'étalent près d'un talus.

Benoît pense enfin à consulter le GPS de son iPhone et découvre que la route se trouve en contrebas, derrière la colline qu'il vient de franchir. Il contourne à nouveau le trou dans le sol et s'engage dans une pente assez raide. Les cailloux roulent sous ses pieds, il perd l'équilibre, s'égratigne à des broussailles. La route est bien là, au-dessous d'un surplomb abrupt, blanche, évoluant d'un lacet à l'autre. Mais, alors que Benoît pensait avoir parcouru des kilomètres, le voilà revenu à son point de départ. En faisant le tour de sa voiture, il ne constate rien d'anormal. « Bon, ce n'est pas si grave », pense-t-il en s'asseyant au volant. Le moteur tousse, hoquette, mais refuse de démarrer pour de bon.

— Qu'est-ce qui se passe ?

Il s'allonge par terre, regarde sous son véhicule, découvre une grosse flaque d'huile : un rocher a brisé le carter. Bon. Appeler un dépanneur, et Macha.

— Viens me chercher, demande-t-il à sa sœur. Ma voiture ne veut pas démarrer.

— Je donne deux ou trois coups de fil pour demain et j'arrive. Mais ce n'est pas la porte à côté, ton coin, et même avec l'autoroute il faut bien compter deux bonnes heures...

— Fais vite, insiste Benoît, l'orage arrive et je vais me retrouver sous la flotte.

Son téléphone émet le signal de batterie faible alors qu'il raccroche. Tandis que le mistral pousse de lourds nuages menaçants, Benoît marche jusqu'à un escarpement rocheux. Malgré l'air frais, la sueur roule sur son visage, lui pique les yeux. Un bruit sourd l'arrête : le tonnerre ? Il tend l'oreille. Un second grondement. L'orage, formé sur l'autre pan de la montagne, fond sur lui.

— Ce n'est pas possible ! grogne-t-il en revenant au pas de course vers sa voiture.

Mais, sur un tertre d'herbes sèches, une vipère engourdie se dresse, menaçante. Paniqué, Benoît recule pour fuir au hasard d'un sentier entre les ajoncs. Le tonnerre gronde de nouveau, son bruit lourd rebondit d'une colline à l'autre.

« Décidément, qu'est-ce qui me prend aujourd'hui ? Un bon coup de pied aurait réglé son compte à cette bestiole et j'aurais pu me mettre à l'abri. Mais j'ai eu une trouille bleue… »

Une nuit brutale obscurcit la campagne. Benoît a soudain l'impression d'être sur une autre planète. Ce n'est plus la Provence, le pays du soleil et des cigales, mais un monde hostile de rochers, d'épines et de sales bêtes. Rien que de repenser à la vipère, les poils se hérissent sur les bras du jeune homme. Un éclair l'éblouit en un jaillissement lumineux qui le traverse comme si son corps était devenu transparent. Le claquement de la foudre, sec, monstrueux de puissance et de soudaineté, déchire l'air tel un tissu offert au vent. De larges gouttes martèlent le sol et s'écrasent sur le visage de Benoît. La pénombre se déchire de nouveau en un éclair aveuglant. Lorsqu'il atteint enfin la route, l'avocat se précipite vers sa voiture et en claque la portière. Le voilà à l'abri, mais trempé.

Au bout de quelques minutes d'un déluge de pluie, de grêle et de neige fondue, les coups de boutoir de la foudre s'éloignent. La terre fume telle une soupière et un torrent d'eau sale se déverse sur la route. Les nuages courent, poussés par le vent ; un rayon de soleil passe entre les pans de brume, illumine les collines. L'orage s'éloigne aussi vite qu'il est arrivé ; la montagne s'englue dans une ouate gelée.

Trempé, tremblant, Benoît se recroqueville sur son siège. Macha ne devrait pas tarder. Impatient, il tente de l'appeler, mais il n'y a plus de réseau : la foudre a dû endommager le relais le plus proche.

Dans le bureau de son rédacteur en chef, Macha évoque son projet pour le lendemain :

— Harry m'accompagnera. Il prendra une petite caméra pour filmer discrètement l'opération, qui se déroulera demain matin.

Pierre Léret est un homme d'une cinquantaine d'années. Chauve, visage anguleux aux joues tombantes, il a un air de fonctionnaire attendant la retraite. Pourtant c'est un journaliste d'expérience qui a su gagner la confiance de ses équipes. Il connaît la fougue de Macha, et sait qu'il doit souvent tempérer son emportement.

— Tu vas te mettre hors la loi. Si tu te fais prendre, je ne pourrai rien, si ce n'est avouer que j'étais au courant de ton entreprise !

— C'est pour la bonne cause, réplique Macha.

Dans les cas difficiles, elle ne peut compter sur personne, mais c'est ce qui donne tout son sel à son métier. Même son père a été très clair avec elle : « Ma position de divisionnaire ne me permet pas tout ! Si tu as des soucis avec la police, je n'interviendrai pas ! C'est compris ? » lui a-t-il asséné.

De toute façon, il ne viendrait jamais à l'esprit de Macha d'appeler son père au secours, car entre lui et les jumeaux il y a Virginie, et un autre obstacle appelé Arnaud, son fils de vingt et un an, étudiant en droit et enfant gâté. Autant dire une montagne à franchir.

Macha prend son portable, sort du bureau et descend au parking.

Quitter Marseille à la mauvaise heure lui prend plus de trois quarts d'heure. Sur l'autoroute, l'orage éclate à l'horizon. Après Aix-en-Provence, elle sort en direction de Forcalquier, puis se dirige vers Saint-Étienne-les-Orgues. Au bout de quelques kilomètres, une pluie battante l'arrête. Des grêlons frappent le pare-brise tandis que le vent secoue son véhicule léger. Macha se gare sur le côté et attend que la bourrasque passe. Pour patienter, elle ne peut même pas écouter la radio que les grondements de l'orage rendent inaudible. Quand la tempête se calme, la jeune femme repart mais, avant d'arriver au village de Fontienne, des arbres tombés en travers de la chaussée l'arrêtent à nouveau. Un camion de pompiers apparaît presque aussitôt, gyrophare clignotant dans la pénombre. Des hommes en sortent armés de tronçonneuses. Macha s'inquiète de savoir combien de temps il leur faudra pour dégager la route.

— Une ou deux heures au moins, répond l'un des pompiers, mais vous ne pourrez pas continuer pour autant. Après Saint-Étienne-les-Orgues, un éboulement a coupé la route en direction du signal de Lure. La circulation ne sera pas rétablie avant demain en fin de matinée.

— Mais mon frère est en panne quelque part vers le refuge de Lure…

— Dites-lui de s'armer de patience. Pour l'instant, on ne peut rien pour lui.

Macha tente d'appeler Benoît, mais la communication ne passe pas.

— Il ne me reste plus qu'à attendre, moi aussi ! maugrée-t-elle.

Benoît n'en peut plus. Que fait sa sœur ? Après l'orage, il sort de son véhicule et fait quelques pas sur la route mouillée. La nuit tombe dans un silence humide. La terre sue ; de lourds nuages roulent sur la forêt. Le jeune homme a mal aux pieds, mal aux jambes, il n'a rien mangé depuis le matin.

Il tente une nouvelle fois d'appeler Macha. N'y parvenant pas, il revient vers sa voiture et prend dans le coffre son sac de sport où il a entassé quelques effets avant de partir de Marseille. Ôtant ses vêtements mouillés, il enfile un pull à même la peau et passe le jean sec qu'il avait prévu de mettre en arrivant à Sisteron. Une agréable sensation de chaleur lui redonne un peu de courage. Il remonte dans son véhicule et s'aperçoit que les policiers ont emporté les armes. Il branche son téléphone sur l'allume-cigares.

Il a faim. Généralement, il a toujours un paquet de gâteaux secs dans sa boîte à gants pour parer aux fringales lorsque son métier ne lui laisse pas le temps de déjeuner. Mais ce n'est pas son jour de chance : le paquet qu'il trouve est vide. D'un geste rageur, il le froisse et le jette par la vitre ouverte.

Fermant les yeux, il s'assoupit en pensant à Murielle, souriante, comme l'autre soir au restaurant. La lumière d'une bougie éclairait son visage. Les paroles n'avaient plus leur place entre eux. Benoît vibrait d'un amour nouveau qui le rendait invincible. Ce soir, il en mesure toute la fragilité.

Ayant passé de longues heures à attendre sa sœur, il finit par s'assoupir. Quand il se réveille, le jour se lève et la brume s'agglutine en gros nuages sombres qui pèsent sur les arbres. L'air est moite. Benoît se dresse, fait jouer ses membres engourdis en marchant quelques mètres. La faim le torture ; en automne les arbres regorgent de fruits, et il lui suffirait de chercher un figuier sauvage pour trouver à se nourrir. Pourquoi Macha n'est-elle pas venue le chercher ? Le tonnerre gronde de nouveau au loin. « C'est quand même un monde ! rouspète-t-il intérieurement. J'ai passé la nuit dans ma voiture et personne ne s'est soucié de me secourir ! »

Le téléphone ne fonctionne toujours pas. Benoît aperçoit soudain un énorme roncier couvert de mûres. Il en cueille une, la porte à ses lèvres, et le goût particulier, à la fois âpre et sucré, ce goût de terre fraîche et de pierre des baies sauvages le ramène plusieurs années en arrière, à ses vacances d'été chez ses grands-parents maternels, près de Grenoble. Un jus sombre et sirupeux coule sur son menton, il l'essuie avec le revers de sa manche.

Un bruit de moteur se fait entendre au loin. Macha ? Non. C'est un monospace noir qui roule lentement dans les lacets. Voilà l'occasion ou jamais de faire du stop. Benoît se précipite vers la route. Dans le dernier virage, particulièrement serré, le véhicule ralentit. Une portière s'ouvre brusquement et une silhouette roule dans le fossé avant de courir vers les taillis. Le véhicule pile. Des hommes en descendent et s'interpellent, puis l'un d'eux crie :

— Azza, qu'est-ce qui t'a pris ? Azza, reviens !

Pas de réponse. Benoît voit une jeune fille se réfugier sous des épineux, avancer à quatre pattes pour échapper à ceux qui la poursuivent. Sans réfléchir aux conséquences de son acte, il la rattrape. Lorsqu'elle l'aperçoit, elle hésite à faire demi-tour.

— Viens, lui dit-il.

Les pierres roulent sous ses pieds, elle n'arrive pas à grimper le raidillon. Benoît lui tend la main et ils courent se cacher derrière des rochers.

— Il faut fuir ! dit la jeune fille.

Les hommes qui la poursuivaient ont perdu sa trace et

échangent des propos acerbes. Benoît observe la fugitive. Vêtue d'une longue robe sombre, elle porte sur la tête un voile qui ne laisse voir qu'un visage à la peau très blanche et aux grands yeux noirs.

— Viens, lui dit le jeune homme en l'entraînant vers un torrent.

Ils traversent le cours d'eau et remontent un étroit sentier qui entaille les collines jusqu'à un pan nu de montagne. En contrebas, la route, avec la voiture de Benoît et l'autre véhicule garé tout près. « Azza ! Azza ! » appellent toujours les voix. La jeune fille se recroqueville dans un coin, comme un animal traqué ayant échappé à un premier danger mais redoutant de succomber au suivant.

— N'aie pas peur de moi, lui dit Benoît sur un ton rassurant. Pourquoi t'es-tu enfuie de la voiture ?

Elle darde sur lui un regard brûlant, puis fond en larmes.

— Je vois. Ne t'inquiète pas. Tu as de la chance, je suis avocat. On ne peut pas obliger une jeune fille à se marier contre son gré. S'ils te poursuivent, je te défendrai.

— On devait partir hier de Forcalquier, poursuit la jeune fille, mais l'orage avait coupé la route à Saint-Étienne-les-Orgues et on a dû revenir ce matin quand le passage a été dégagé. J'ai déjà essayé de m'enfuir hier, mais ils m'ont rattrapée.

— La route était coupée ?

— Oui, un éboulement.

Voilà donc pourquoi Macha n'est pas venue le chercher. Il vaut mieux cela qu'un accident.

— Là, on allait vers Sisteron où habitent mes oncles qui devaient m'emmener. Mon père préfère les petites routes. Il savait que je voulais m'échapper.

— Mais on va te chercher ! La police, les pompiers, on va vite te retrouver…

— Non. Mon père et mes oncles vont me chercher,

c'est sûr, mais ils ne diront rien à la police ni aux pompiers. Ils n'ont pas besoin que les autorités françaises se mêlent de leurs affaires… Je suis née en Tunisie, j'ai grandi en France, mais ici je n'existe pas, vous voyez ce que je veux dire ?

Elle sanglote, la tête enfouie entre ses bras repliés. Ses longs cheveux s'échappent de son voile, de belles boucles d'ébène brillantes dans la lumière du jour.

— Et vous ? Qu'est-ce que vous faites ici ? On vous cherche aussi ? demande-t-elle soudain en adressant à Benoît un regard apeuré.

— Non. Ma voiture est en panne et j'attends qu'on vienne me chercher.

— Et vous me dénoncerez quand vous serez rentré chez vous ?

— Non. Tu n'as rien à craindre.

En bas, les hommes regagnent leur véhicule qui s'éloigne lentement.

— Ils vont continuer vers Sisteron. Ils iront chercher du renfort chez mes oncles et ils ne tarderont pas à revenir.

— Tu es sûre qu'ils n'alerteront pas la police ?

— Je vous l'ai dit : je suis née en Tunisie. Je suis une des cinq filles Ben Berhzi. Tout le monde croit que je suis repartie au pays et personne ne me cherchera. Je ne suis qu'une fille, donc rien du tout. Non, la seule chose qui contrarie mon père et mes oncles, c'est que je ne leur aie pas obéi comme une chèvre au bout d'une corde, que je me sois échappée et qu'ils aient à rendre des comptes au mari qui m'a achetée et qui ne sera pas content de ne pas être livré en temps et en heure.

— Mais enfin, tu n'es pas un objet !

— C'est une question de mots… Quand la famille du marié paie une dot, il s'agit quand même d'un achat, non ?

Ils se taisent. Benoît observe intensément cette fille qui

peut avoir dix-huit ans. Elle a une peau diaphane, parfaitement lisse, et un visage fin, un peu maigre mais harmonieux autour de la moue qui anime ses lèvres.

— Il faut que je parte, mais où aller pour leur échapper ? Je ne veux plus les revoir. Jamais. Plutôt mourir.

— Je peux peut-être t'aider ?

Elle tourne vers lui un visage plein de candeur qui contredit la mimique malicieuse de ses lèvres. L'intensité de son regard gêne Benoît qui ne sait plus ce qu'il doit faire.

— Allez, dis-moi la vérité, insiste Azza en adoptant le tutoiement si naturel aux adolescents. Je sais que tu fuis. Tu es quoi ? Un bandit ? Un assassin que toutes les polices recherchent ?

— Qu'est-ce qui te fait dire ça ? J'ai une tête de voyou ?

— Non, mais regarde ! répond-elle en tendant la main vers la route.

Un fourgon de gendarmerie s'arrête à côté de la voiture de Benoît. Alors qu'il devrait se précipiter pour en profiter, il hésite : quelque chose l'empêche de se montrer, de courir vers le véhicule. De son côté, Azza ne cesse de contempler ce jeune homme rencontré au milieu de nulle part et le pousse dans ses retranchements.

— Alors, qu'est-ce que tu attends pour te montrer ? demande-t-elle, frondeuse.

Il ne trouve pas de réponse.

— On veut te marier, toi aussi ? ajoute-t-elle avec un petit rire un peu trop exubérant.

— Non.

— Alors c'est une erreur judiciaire ? Tu es le pauvre innocent qui doit se soustraire à ses bourreaux le temps qu'éclate la vérité ? Pas mal, comme truc, mais je ne marche pas.

— Qu'est-ce que tu vas inventer ? Je t'ai dit la vérité ! D'ailleurs, que tu me croies ou pas, je m'en fous.

Azza se dresse tout à coup.

— Il fait froid, ici.

Elle soulève sa longue robe, laissant apparaître sous le rideau de tissu noir ses mollets, puis ses genoux, deux jambes magnifiques.

— C'est pas pratique, la robe, mais mon père ne voulait pas que je parte en jean. T'en fais pas, j'ai tout prévu.

Sous le regard étonné du jeune homme, elle ouvre un petit sac qu'elle avait caché sous son long vêtement.

— C'est pas génial pour courir, mais pas mal pour planquer des trucs. J'ai pris un pantalon, une lampe électrique au cas où, un briquet pour faire du feu, un couteau et de l'argent pour acheter ce qu'il me faudra, à commencer par un pull. Et puis ce portable éteint que je n'utiliserai qu'en cas de besoin extrême. Va chercher du bois, qu'on fasse un feu.

Le fourgon de la gendarmerie repart. Benoît le suit des yeux avec indifférence, préférant attendre l'arrivée de Macha.

Azza défroisse ses vêtements. Ses gestes sont légers, délicats, pleins de la précision que donne l'habitude.

— Bon, ce bois, tu vas le chercher ? Il doit bien y avoir une grotte dans les parages, un endroit où on pourra faire du feu et s'abriter, non ?

— Où *tu* pourras t'abriter. Moi, ma sœur va arriver d'un instant à l'autre.

— Eh bien, file, je me débrouillerai toute seule !

Elle s'éloigne. La lumière diffuse du jour gris découpe cependant son corps, ses formes de femme, ses hanches, ses épaules. Benoît hésite à lui emboîter le pas puis descend vers la route, s'assoit sur un rocher bien en vue et attend, espérant apercevoir la voiture de sa sœur. Chargée d'un gros fagot de branches sèches, Azza passe près de lui et le rabroue :

— Ça te gêne pas trop de me laisser porter le bois seule ?

Il ne répond pas et reprend sa contemplation de la route toujours déserte.

Une fumée s'élève entre les arbustes, s'étire et se perd dans le vent. Azza revient vers le jeune homme.

— Tu sais, à mon avis, ta sœur a autre chose à faire ! En attendant, tu peux venir te réchauffer. D'ailleurs, d'ici, tu verras aussi bien la route !

Il remonte vers le feu. Azza s'assoit sur une pierre plate et tend ses mains vers les flammes puis, tout à coup, d'un geste rapide, se débarrasse de son voile et secoue la tête ; son épaisse chevelure bouclée s'étale autour de son visage et tombe sur ses épaules, transformant sa physionomie.

— Je te plais pas ? demande-t-elle à Benoît en lui adressant un regard malicieux. Tu en fais une drôle de tête ! De toute façon, ça m'est égal, je n'ai pas envie de te plaire, ajoute-t-elle en enfilant son jean sous sa robe longue.

Benoît ne trouve pas de mots assez tranchants pour lui répondre. Il voudrait moucher cette gamine effrontée mais demeure muet, contemplant longuement son visage de femme.

— C'est mieux comme ça, reprend Azza. Je n'ai jamais porté le voile ni rien quand j'allais à la fac. C'est mon père qui m'a obligée avant de partir. Là-bas, les femmes honnêtes ne montrent pas leurs cheveux à n'importe qui. Ni leurs bras ni leurs jambes, poursuit-elle en ôtant son long vêtement sombre.

— Et toi tu n'es pas une femme honnête, c'est ça ?

— Si, mais pas une femme du passé. Désormais, je suis la fille de personne, une fille comme les autres, comme mon amie Marine.

— C'est qui, Marine ?

— Une nana de mon âge. On a grandi ensemble à Forcalquier.

Le feu crépite et s'effondre dans une nuée d'étincelles. Azza rassemble les tisons épars, ajoute du bois sec qui grésille.

— Mon père travaille chez un maraîcher, ma mère fait des ménages, alors c'est moi qui me suis occupée de mes petites sœurs. Et toi, donc, tu es avocat ?

Elle lui lance un regard en dessous, comme si elle le soupçonnait d'une véritable activité en marge des lois. Son costume de ville dans ce désert n'est pas ordinaire...

— Oui, je suis avocat dans un grand cabinet de Marseille.

Azza éclate d'un petit rire moqueur. Ses yeux se plissent, ne laissant voir que ses pupilles très noires et pleines de lumière.

— Je t'imagine bien en robe ! Tu me prends pour une demeurée ou quoi ?

— Tu n'es pas obligée de me croire. Je m'en moque. Pourtant c'est la vérité.

Un silence. Azza se dit qu'elle a peut-être poussé la raillerie trop loin. Au fond, qu'il soit avocat ne change rien : il fuit, sinon que ferait-il dans la montagne après avoir abandonné sa voiture ? Comme elle est frondeuse, elle pose tout naturellement les questions qui lui viennent.

— Alors, dis-moi : pourquoi tu n'es pas près de ta voiture à attendre la dépanneuse ?

— Allez, va : j'ai fait un excès de vitesse et au lieu de m'arrêter quand les flics m'ont fait signe, j'ai appuyé sur l'accélérateur et j'ai pris la fuite, je ne sais même pas pourquoi. Maintenant, j'attends ma sœur pour rentrer et régler cette sottise.

— En tout cas, il faut que je cherche un endroit où

dormir avant que la nuit tombe. Tu peux attendre ta sœur une éternité ici si tu veux, moi, je vais plus loin, parce que si près de la route on finira par me repérer. Je te laisse le feu. Salut.

Azza s'éloigne. Benoît entend les cailloux rouler sous ses pas. Puis le silence l'écrase et il se sent tout à coup très triste.

Un nouvel orage se prépare.

Macha Montès avale rapidement son café. Son collègue s'impatiente :

— Dépêche, tu vas rater l'embarquement.

— Mais non, il nous reste encore une demi-heure avant l'enregistrement des bagages. Mon pauvre Harry, tu es d'une anxiété ! On ne risque rien !

— Je sais, répond le journaliste en bricolant sa caméra, mais je voudrais faire un peu de repérage.

— T'occupe. Tout va marcher comme sur des roulettes ; on le tient, notre scoop ! Par contre, je n'ai pas de nouvelles de mon frère.

Macha tente de le joindre. En vain. Elle tombe directement sur la messagerie, aussi appelle-t-elle sa mère. Ce contact lui est nécessaire avant de se jeter dans la gueule du loup, de tenter ce qui fera parler d'elle sur les chaînes nationales. Elle n'a dévoilé son projet qu'à son rédacteur en chef, qui l'a mise en garde mais la laisse agir. Si elle réussit, son père sera furieux, cela ne lui déplaît pas.

— Maman, je devais aller chercher Benoît qui est en panne dans la montagne de Lure, et je n'ai pas pu parce que la route était coupée à cause de l'orage. Il fallait attendre ce matin pour qu'ils la dégagent. J'espère qu'il a pu se débrouiller ! Son téléphone ne marche pas : il ne doit plus avoir de batterie, ou alors il n'y a pas de réseau là-bas.

Elle rejoint Harry qui l'attend près de la porte. Macha est une belle brune aux cheveux mi-longs. Son pantalon et son chemisier moulent son corps de femme sportive. Son élégance naturelle, sa coquetterie cachent cependant un mystère qui étonne ses proches : on ne lui connaît aucune liaison, pas la moindre aventure… Macha sait qu'elle s'apprête à prendre un gros risque, mais c'est ce qui la stimule.

— On y va ! dit-elle à Harry en se dirigeant vers l'entrée de l'aéroport.

Macha est inquiète. Ce scoop, elle y pense depuis longtemps, elle l'a préparé avec minutie, mais elle doute : le moment est-il bien choisi ? Harry marche devant en tirant sa valise. Ses larges épaules, son visage carré, ses cheveux courts sont familiers à la jeune femme. Ils font équipe depuis leurs débuts à France 3 Provence-Alpes-Côte d'Azur et se comprennent d'un simple regard. Ils se complètent à merveille et n'ont jamais essuyé d'échec.

Leur vol pour Paris est annoncé. Ils vont enfin pouvoir démontrer avec éclat que les sociétés privées qui gèrent la sécurité des aéroports en tirant sur les prix et en employant des gens peu qualifiés sont inefficaces. Et l'exemple en sera donné à Marseille Marignane. Ils ont décidé d'introduire dans l'avion une arme démontée et de la reconstituer tranquillement dans les toilettes après le décollage.

Macha présente son billet électronique au guichet et déclare n'avoir que son sac à main. Harry, lui, garde sa caméra avec lui, ne souhaitant pas la laisser dans la soute. L'employée derrière son comptoir leur sourit et les laisse passer.

Près du portique de sécurité, Harry se défait de sa ceinture, dépose son portable et ses clefs de voiture. Sa caméra et sa sacoche passent à l'intérieur du scanner. Il les récupère en jetant un regard entendu à Macha, restée en arrière pour qu'il puisse filmer la scène lorsqu'elle aura franchi les contrôles. Elle pose son sac et ses chaussures sur le tapis roulant et passe le portique. Dès que ses affaires apparaissent à l'écran, un agent de sécurité l'interpelle. Un autre fouille son sac et n'a pas de mal à découvrir les pièces de l'arme. C'est raté !

Harry intervient immédiatement pour secourir sa collègue, expliquant que tous deux sont journalistes et s'appliquent à vérifier l'efficacité des services de sécurité. Ils montrent leur carte de presse, mais le responsable ne veut rien entendre et les emmène sous bonne escorte dans une pièce à l'abri des regards où ils seront fouillés et interrogés. L'opération a échoué en un clin d'œil. Ce n'est pas la première fois que Macha se retrouve entre les mains de la police dans l'exercice de ses fonctions : elle s'est fait une spécialité de dénoncer les dysfonctionnements des organismes publics. Généralement, tout s'arrange très vite. Mais, cette fois, son interlocuteur refuse de parlementer. Macha lui donne le numéro de son rédacteur en chef afin qu'il puisse vérifier ses dires et promet de parler à l'antenne de l'échec de sa tentative en vue de montrer à quel point les services aéroportuaires sont sérieux à Marseille. Le responsable de la sécurité confie la garde des deux journalistes à des vigiles qui se postent près de la porte. Croyant que sa carrure peut lui permettre de parlementer, Harry essaie de les amadouer, mais ordre lui est donné de s'asseoir s'il ne veut pas s'attirer de sérieux ennuis. Les heures défilent et rien ne se passe.

Enfin, un petit homme brun encadré par deux flics fait irruption dans la pièce. Macha reconnaît le commissaire Desfond, chef de la brigade antiterroriste. Comme elle l'a interviewé plusieurs fois, elle s'approche de lui avec un air entendu. Mais le policier ne répond pas à son salut et ordonne à ses collègues de transférer les suspects dans ses propres locaux, les déclarant en garde à vue.

— Mais enfin, commissaire ! Je suis Macha Montès, de France 3, proteste la jeune femme. Souvenez-vous, je suis venue vous voir la semaine dernière, vous m'avez même parlé de votre fille qui veut devenir journaliste ! Je me suis occupée d'elle...

— Je me souviens très bien, madame, mais le fait que vous ayez intercédé en faveur de ma fille ne vous dispense en rien de répondre aux questions que j'ai à vous poser. Être accusée de complot avec un groupe terroriste, c'est grave, tout de même, non ?

— Mais enfin ! s'emporte Harry. « Complot avec un groupe terroriste » ! Ça rime à quoi ? Vous ne voyez pas que nous faisons votre boulot en testant la sécurité comme nous venons de le faire ? Nous cherchons les failles dans les contrôles afin de les dénoncer et de rassurer les gens...

— C'est ça. Vous cherchez surtout à taper sur de bons employés parce que ça plaît au public. De toute façon, c'est bien connu, les journalistes ne s'intéressent qu'à la boue, et leur plus grand bonheur est de prendre en défaut les gens réputés pour leur sérieux.

— C'est notre rôle, de dénoncer ce qui ne va pas !

Macha tente alors l'argument ultime, celui dont elle n'use qu'en dernier recours :

— Mon père, Bernard Montès, sera sûrement ravi d'apprendre que sa fille est prise pour une terrible terroriste...

— Je fais mon travail, réplique le commissaire. Et il n'y a pas de passe-droits. Nous allons donc vous transférer dans les locaux de la police antiterroriste, comme il se doit.

Une fois sur place, les deux journalistes sont interrogés séparément, le commissaire se réservant le plaisir d'interroger Macha lui-même. Assis derrière une modeste table envahie de dossiers où trône un ordinateur portable, il allume une petite lampe.

— Macha Montès, commence-t-il, vous êtes née le 12 avril 1985 à Marseille, où vous résidez toujours, d'Anne-Sophie Lignon, professeur de lettres, et de Bernard Montès, son époux, officier de police. Vous êtes actuellement journaliste à France 3 Provence-Alpes-Côte d'Azur, et votre frère jumeau est avocat au barreau de Marseille.

— J'ajoute, dit Macha, effrontée, que mes parents ont divorcé en 1988 et que ça s'est mal passé. Mon père s'est ensuite remarié avec Virginie Leffec, avec qui il a eu un enfant, Arnaud, vaguement étudiant en droit.

— Très bien. Tenons-nous-en là, tranche-t-il en adressant un signe de la main aux deux policiers qui montent la garde près de la porte et qui s'empressent de conduire Macha dans une salle nue contenant seulement une chaise, une table et un lit sur lequel sont disposées deux couvertures grises.

— Mais qu'est-ce qui vous prend ? s'écrie la jeune femme. Vous comptez me garder, maintenant ?

— Nous, on n'en sait rien, lui répond l'un des deux hommes en se dirigeant vers la porte. On obéit aux ordres, ajoute-t-il avant de fermer à double tour derrière lui.

À treize heures, on apporte à Macha un plateau-repas. Le commissaire Desfond, qui plisse le nez à cause de l'odeur de renfermé, arrive presque aussitôt.

— Tenez, dit-il à la jeune femme en lui tendant un téléphone. Vous pouvez avertir votre rédacteur en chef ou votre avocat si vous le jugez utile : je vais vous garder ici pour l'après-midi et pour la nuit.

— Mais ce n'est pas possible ! Qu'est-ce que vous me

reprochez, qu'est-ce que vous cherchez ? Je suis *journaliste*, rien de plus qu'une *journaliste*, qu'est-ce que vous allez vous imaginer avec vos histoires de terrorisme ? Vous délirez !

— Je vous prie de me parler sur un autre ton. Vous avez eu, dans le cadre de votre métier de *journaliste*, des relations avec des gens liés aux réseaux terroristes. À moins d'être amnésique, vous devez vous en souvenir, non ? Comme vous pouvez vous en douter, nous procédons à quelques vérifications. D'où votre garde à vue. Je ne vois pas en quoi je me montre délirant.

Comprenant qu'elle n'obtiendra rien, Macha demande si elle peut joindre sa mère. Un signe du commissaire l'y autorise, et elle éclate en sanglots lorsqu'elle entend la voix d'Anne-Sophie, qui fait ce qu'elle peut pour la rassurer. Si elle n'a rien à se reprocher, tout rentrera très vite dans l'ordre, affirme cette dernière avant de lui proposer d'appeler son père.

— Il m'a assez rabâché que je ne pourrais pas compter sur lui quand j'aurais des ennuis à cause de mon métier !

— Devant le fait accompli, il tiendra peut-être un autre discours... Je vais voir ce que je peux faire.

— Merci, maman. Mais tu sais, ce qui m'embête le plus, c'est d'être coincée là quand je devrais être à la recherche de Benoît. Tu as des nouvelles ?

— Ne t'en fais pas. Ton père a envoyé ses hommes le chercher, ils le ramèneront. Allez, ça va s'arranger, conclut Anne-Sophie sur un ton rassurant.

— Qu'est-ce qui vous prend, Desfond ? hurle Bernard Montès lorsqu'il entend enfin dans son portable la voix du chef de la brigade antiterroriste. Qu'est-ce que vous foutez, bordel, vous vous croyez où ? ajoute-t-il, hors de lui, en frappant du poing sur son bureau du sixième arrondissement.

— Monsieur le divisionnaire, je ne fais que mon devoir. Et ce n'est pas parce qu'il s'agit de votre fille que je transigerai. La sécurité de nos concitoyens n'a pas de prix !

— Traiter ma fille Macha comme une terroriste ! Franchement ! Franchement !

Il coupe brutalement la communication et reste un moment indécis. Ses deux gros poings posés sur la table, il tente de se calmer, puis décroche son fixe.

— Buquiet, vous avez des nouvelles de mon fils ?

— Non, monsieur le divisionnaire. J'ai envoyé des inspecteurs et un chien, mais aucune trace. J'ai fait enlever la voiture car elle représentait un danger sur cette petite route, surtout avec le brouillard, si fréquent dans la région.

— J'ai peur qu'il soit blessé. Son portable ne répond plus, et on vient de me dire que le relais ne serait pas réparé avant ce soir.

— Le chien n'a rien trouvé à cause de l'orage. On a klaxonné pour tenter d'avertir votre fils de notre présence. S'il avait été dans les parages, on l'aurait trouvé, ou il serait venu à nous...

Bernard Montès regarde la ville par la fenêtre. C'est un homme proche de la soixantaine, grand, une forte carrure, de l'envergure. Ses cheveux blancs mettent en relief son visage volontaire sans rides, ses petits yeux noirs perçants.

— Je rentre chez moi ! annonce-t-il à son assistante.

Puis il traverse Marseille en direction de son pavillon des Égalades et gare sa voiture devant le portail. Virginie, son épouse, une petite femme boulotte aux cheveux courts, au visage pincé et à l'air austère, est en train de désherber les parterres de fleurs. Bernard l'embrasse sur le front, elle le suit dans la maison et lui demande s'il a des nouvelles de Benoît.

— Non. Et en plus Macha est entre les mains de cet abruti de Desfond !

Le regard de Virginie s'éclaire.

— Qu'est-ce qu'elle a encore fait ? demande-t-elle d'un air dégagé, comme si c'était une bonne nouvelle.

— Rien que son travail !

— Franchement, les jumeaux ne ratent jamais une occasion de se faire remarquer ! Quand je pense que ta sœur a osé, dans son délire, leur confier une carte pour ouvrir son coffre et qu'elle a oublié Arnaud, notre fils, qui pourtant était aussi son neveu, j'ai envie de...

— Elle m'en a donné une à moi, c'est comme si elle l'avait donnée à Arnaud !

— Je ne trouve pas, non.

Agnès Montès, la sœur de Bernard, était une femme grande, assez mal bâtie, osseuse, avec des jambes trop longues et un visage ingrat, mais son intelligence et la force de son sourire faisaient oublier ses disgrâces. Agrégée de lettres, elle enseignait le français et le latin. Célibataire, elle avait pu racheter la propriété familiale de Porquerolles après la ruine de son père, grâce à une grosse somme gagnée au loto. Grande amie d'Anne-Sophie, elle considérait les jumeaux comme ses propres enfants et s'était découvert une passion tardive pour l'informatique, qui fut mise sur le compte de sa grande fantaisie. À quarante-huit ans, se sachant condamnée par un cancer foudroyant du pancréas, elle enferma son testament dans le coffre d'une banque et confia les deux cartes magnétiques qui en permettaient l'ouverture à son frère et aux jumeaux.

— Franchement, rumine Virginie, ta sœur n'avait plus toute sa tête quand elle a mis en place ce stratagème... La maladie la rongeait déjà. On pourrait facilement faire casser sa décision par un tribunal, j'en suis sûre.

La seconde épouse de Bernard ne saurait pardonner à

la défunte de n'avoir jamais eu aucune considération pour Arnaud, ne voyant en lui qu'un garçon mal élevé, paresseux et incapable. Après plusieurs tentatives infructueuses pour s'emparer de la carte de Benoît et Macha et aller voir ce que contient le fameux coffre, son ressentiment est à son comble, mais elle ne perd pas espoir : il lui reste du temps, puisque l'ouverture dudit coffre ne se fera qu'à la date prévue par Agnès : le 24 décembre.

— Peut-être, mais il n'en est pas question, réplique Bernard. Donc, comme je te le disais, Desfond vient de mettre Macha en garde à vue parce qu'elle a tenté de piéger les services de sécurité de l'aéroport.

— Mais de quoi elle se mêle ? Si au moins ça pouvait lui servir de leçon...

Bernard lance un regard froid à sa femme. Il ne lui tient pas rigueur de vouloir protéger les intérêts d'Arnaud, mais la rancœur dont elle fait preuve à l'égard des jumeaux l'horripile.

Macha n'a pas touché à son plateau-repas. Au comble de l'angoisse, elle s'allonge sur le lit de fer dont les ressorts grincent. Et Benoît dont on est sans nouvelles ! Les yeux fixés sur le plafond, elle pense à sa tante Agnès, à ses tenues extravagantes, ses propos à l'emporte-pièce et ses positions tranchées. La jeune femme se rappelle son air triomphant lors de l'achat de la propriété familiale : « C'est pas Dieu qui m'a fait gagner au loto, s'était-elle écriée en faisant un pied de nez à son frère, c'est le diable. Car Porquerolles ne peut être que diabolique ! » Bernard avait essayé de faire casser la vente, de démontrer que la faillite frauduleuse n'était qu'une manière de contourner la loi pour le déshériter lui, car il venait de se brouiller avec son père. Puis il avait fini par abandonner la lutte, espérant que la propriété reviendrait un jour à ses enfants.

Macha trouve un certain réconfort à se remémorer les souvenirs de Porquerolles partagés avec son frère. Ils y passaient des étés merveilleux dans une lumière éclatante qui éclaire encore son esprit. Georges, leur grand-père, était un petit homme à la démarche raide, à la silhouette droite et au regard noir et vif. Près de lui, Macha se sentait en sécurité ; rien de mal ne pouvait lui arriver. Mais un jour leur père avait annoncé aux jumeaux qu'ils n'iraient plus à Porquerolles. Vingt ans après, ils n'y sont toujours pas retournés.

— Vous êtes libre, annonce une voix qui brise le silence de la nuit.

Desfond se tient devant Macha. Un sourire ironique aux lèvres dans la lueur de l'aube, il lui tend son sac à main.

— J'en déduis donc que vous n'avez rien à retenir contre moi…

— Nous en reparlerons. Allez-y vite, je peux encore changer d'avis.

Sans demander son reste, Macha quitte la cellule et part récupérer sa voiture restée sur le parking de l'aéroport. En chemin, Harry vient aux nouvelles. Lui aussi a été relâché, et Macha lui propose de la retrouver au bureau. Elle tente ensuite d'appeler Benoît ; toujours injoignable. Son inquiétude redouble. Elle a beau se dire que son frère est majeur et vacciné, elle ne peut pas s'empêcher de penser que quelque chose lui est arrivé. Un coup de fil à son père ne la rassure pas davantage.

— On ne sait pas où il est. On le cherche mais on ne trouve rien. Pas un indice. Rien. J'espère qu'il n'est pas blessé ! Ça commence vraiment à m'inquiéter.

— Je vais aller le chercher moi-même, c'est la seule solution, l'interrompt Macha.

— Écoute, c'est un grand garçon, et mes hommes ont

ratissé la montagne. S'il avait un problème, s'il était coincé quelque part, ils l'auraient retrouvé.

— Mais il est où, alors ? s'emporte Macha. Jamais il ne me laisse deux jours sans nouvelles !

— Je ne sais pas, tranche Montès, mais ton frère est majeur, et il n'a pas à nous tenir au courant de ses déplacements.

Une deuxième nuit est tombée sur la montagne de Lure, que Benoît a passée terré dans un renfoncement de la roche. Il s'en veut de ne pas s'être montré aux policiers. Le vent glacial qui a soufflé toute la nuit lui fouette encore la figure au matin, et de nouveau il se nourrit de mûres qu'il trouve en abondance un peu partout. Hier, des heures durant il a erré à la recherche de la route, mais il doit se rendre à l'évidence : il s'est perdu et son téléphone n'a plus de batterie. Le soleil se lève et frange de lumière la cime des mélèzes. Il fait froid. Où est Azza ? Il explore le contenu de ses poches qu'il étale sur une pierre plate : un mouchoir, et son portefeuille, contenant notamment son permis de conduire, la carte grise de sa voiture et une photo de Murielle, qu'il observe longuement. Cette photo, il l'a prise à Menton, devant l'hôtel où ils ont passé la Toussaint. Trois jours en amoureux à faire de longues promenades au bord de la mer, à se prélasser au lit et aux terrasses des cafés.

Son passeport est humide. Il le dispose sur la pierre au soleil, près de sa carte bancaire et de deux billets de cinquante euros. Enfin, il extrait d'une pochette en plastique une seconde carte. Sur le fond bleu se distingue l'emplacement doré d'une puce. Le fameux sésame…

Malgré le froid, le soleil pompe l'humidité de la nuit. À l'heure qu'il est, Murielle doit avoir déposé Léa à l'école et se rendre à son cabinet dentaire. Elle a sans doute passé le Vieux-Port. Peut-être est-elle déjà au niveau des calanques. À quoi pense-t-elle ? À qui ? À lui ? À son ex-mari ?

Dans son sac, il trouve un haut de survêtement, une serviette, du linge de corps et une chemise ratatinée qui doit être là depuis la nuit des temps. Frigorifié, il enfile les uns par-dessus les autres autant de vêtements qu'il le peut, avant de partir dans la direction prise par Azza la veille, le long d'un petit sentier d'abord bordé d'oliviers sauvages, puis de buissons secs et de pierres blanches dépassant d'herbes rousses. L'amertume des olives cueillies au passage lui arrache une grimace tandis qu'il s'enfonce dans un bosquet de hauts sapins où il découvre, un peu partout, des champignons qui lui ouvrent à nouveau l'appétit. Benoît en cueille un, le renifle et retrouve la bonne odeur des cèpes. Mais est-ce bien là un champignon comestible ? Comment le savoir ? Finalement, il le jette d'un geste sec, faisant fuir un geai qui s'envole en battant de ses ailes aux reflets bleus.

Entre les grands arbres, à mesure qu'il avance sur un chemin envahi par les herbes mais dont le tracé n'est pas encore tout à fait effacé, le jeune homme aperçoit les ruines d'une ferme dont la toiture défoncée ploie sous son propre poids. Les murs se lézardent. Des coulées de pierres ocre disparaissent dans un fouillis de ronces et d'orties séchées par les premières gelées. D'un poteau électrique pendent des fils qui se balancent au vent. La porte est tombée, les fenêtres n'ont plus de carreaux. Depuis combien de temps ce seuil n'a-t-il pas été franchi par des hommes ? Benoît s'engage dans la maison. À l'intérieur, des monticules de feuilles pourries jonchent le plancher éventré. Une casserole est posée sur le rebord d'une table, là où le dernier occupant l'a abandonnée, un placard démantelé occupe tout un pan de mur. Autrefois, il y avait là de la vie. Dans cette bâtisse à présent sans âme, des hommes ont mangé, dormi, fait l'amour. Contournant le bâtiment, Benoît arrive à l'emplacement de ce qui devait être un potager : des arbres fruitiers y sont dévorés par des touffes de gui, plusieurs pommiers croulent sous de minuscules fruits que personne ne ramassera. À côté d'un buis gigantesque, marque de l'ancienneté de l'habitation, les vestiges d'une bergerie disparaissent sous du lierre, une charrue rouillée dépasse des épineux. On cultivait donc la terre dans cette partie si peu fertile de la montagne !

Plus bas, un torrent dégringole de cascade en cascade avant de se jeter dans un étang profond au lent débit, au bord duquel une vieille bâtisse émerge à peine de la végétation. Benoît reconnaît un moulin à la roue de bois pourri. La curiosité le pousse à s'approcher de la machinerie rouillée éparse dans les feuilles et les branches. Parmi les planches qui devaient constituer un placard, dans un recoin abrité de la pluie, sous une sorte d'auvent, des piles de papier ont été épargnées. Au sommet, un cadre vermoulu et sa vitre intacte qui a protégé une photo. Benoît l'essuie et contemple longuement le portrait aux nuances brunes. Les retouches du photographe apportent au visage du jeune homme une vie, une présence palpables. Il est brun, assez beau. Ses cheveux, coiffés avec la raie au milieu, tombent en petites boucles au-dessus de ses oreilles dégagées, sa moustache en guidon laisse voir une lèvre inférieure gourmande. Il donne l'impression de regarder le monde avec confiance du haut de sa jeunesse fixée là, sur ce papier épais qui, par miracle, est parvenu à traverser le temps. Ce visage du passé a un sourire lointain, tourné vers des pensées inexprimables et pourtant présentes, des amours emportées par un mistral que les siècles n'arrêteront jamais.

Sous le portrait, une écriture marron indique une date que Benoît n'arrive pas à déchiffrer. Le cadre à la main, il sort du bâtiment, se place en plein soleil et, à la lumière du jour, le visage semble s'animer. Les yeux pétillent d'intelligence sous la moustache, la bouche paraît prononcer quelque chose que Benoît cherche à deviner. Il frotte la vitre avec sa manche. Le premier mot est quasi illisible devant la syllabe « ...vence » suivie du nombre 23 ou peut-être 15, puis « juin 1914 ».

Levant un regard interrogateur vers le ciel, Benoît écoute le vent qui souffle dans les hauteurs, puis contemple à nouveau l'inconnu. Lorsque le photographe lui a demandé de sourire, à l'instant précis où il a appuyé sur le bouton, le jeune homme ignorait tout de l'horreur des tranchées. Il ignorait que sa jeunesse n'irait pas au-delà de l'été 1914, que les belles avec lesquelles il dansait le dimanche sur la place du village seraient peu à peu écrasées sous un labeur trop lourd pour elles, et que la victoire acquise au prix de tant de sacrifices les oublierait au fond des cours des fermes, vieilles avant même d'avoir vécu.

Le portrait sous le bras, Benoît s'éloigne en suivant le chemin à peine visible à l'ombre des châtaigniers. Des machines rouillées pourrissent sous le lierre.

— C'était à toi, tout ça ? demande-t-il au cliché. Au fait, comment tu t'appelles ?

Le ciel est très clair ; malgré la fraîcheur du vent, le soleil frappe le sol qui reflète une lumière crue. Benoît avance en scrutant l'horizon sur un sentier entre de grandes herbes piétinées récemment par un troupeau de moutons ; des lambeaux de laine restent accrochés aux ronces. Traversant ensuite un bosquet, le jeune homme se demande où est la route. Sur sa droite ? Derrière la colline ? Devant lui ? Et

Azza ? Où a-t-elle pu passer ? Aucune importance, après tout. Il n'a pas besoin d'elle. En contrebas, dans une prairie offerte à la lumière rasante, une dizaine de gendarmes marchent en ligne. Voilà enfin les secours ! Ce n'est pas trop tôt ! Vite, se montrer avant qu'ils ne rebroussent chemin !

Mais Benoît hésite, le cœur battant. Est-ce bien lui que ces hommes recherchent, ou Azza ? Si les parents de la jeune fille avaient finalement signalé sa disparition ? Pour une raison qui lui paraît encore mystérieuse, il s'enfuit à toutes jambes, le cœur battant. « Je déconne ! murmure-t-il en reprenant son souffle. Si c'est moi qu'ils cherchent, j'aggrave mon sort en tentant de leur échapper... Mais s'ils courent après Azza, il faut que je l'aide à leur filer entre les doigts... » Voilà. C'est ça : Azza. Azza le fait courir, Azza lui fait fuir la police. Azza ne quitte pas ses pensées. Mais où a-t-il donc la tête ? Le mistral s'est levé en altitude, frais malgré le soleil. Benoît fait une pause, appuyé contre un arbre ; le beau visage d'Azza flotte dans son esprit. « Vraiment, je déconne à pleins tubes ! »

— Franchement, dans le genre empoté, on ne fait pas mieux !

Benoît se tourne. Azza est là, son sourire moqueur sur le visage. Sur le haut de sa cuisse droite, son jean porte une large déchirure, et le jeune homme ne peut détacher les yeux de cette peau si blanche, offerte en une partie du corps si intime.

— Je suis tombée, ce matin, explique Azza en cachant l'ouverture. Mais, dis-moi, pourquoi tu n'es pas allé voir les gendarmes ?

— Tu les as vus ?

— Oui, et ils ne tarderont pas à te coincer : ils ont un chien. Moi, je n'ai pas envie qu'ils me trouvent, si tu vois ce que je veux dire. Donc je me casse. Salut !

— Attends ! Où tu vas, comme ça ?
— Tu veux venir avec moi ?

Sans répondre, Benoît lui emboîte le pas tandis qu'elle entreprend de franchir un pan rocheux assez abrupt. Il se déchire les doigts aux rochers coupants pour tenter de la rattraper sans tomber et s'étonne de réussir là où il renoncerait en temps normal.

— Fais vite, sinon, je vais être obligée de t'abandonner au bord d'un sentier !

Des brindilles craquent : deux bouquetins s'éloignent en sautant de rocher en rocher avec une agilité surprenante.

— Ils sont tranquilles, eux, personne ne les cherche ! dit Azza en souriant. Toi, par contre, tu risques d'avoir du mal à t'en sortir. Écoute...

Un bruit venu de la vallée monte vers eux, le vrombissement d'un moteur et le sifflement caractéristique de pales d'hélicoptère. L'engin survole la route désormais visible au loin en décrivant de vastes cercles. Azza cherche autour d'elle un endroit où se cacher avant de se diriger vers une avancée de roche s'ouvrant sur un dédale de pierres.

— Qu'est-ce que tu attends ? Qu'ils t'aient repéré ? Grouille !

Benoît la rejoint. L'hélicoptère passe au-dessus d'eux à très basse altitude, s'éloigne puis revient, s'éloigne encore jusqu'à ce que son bruit finisse par se perdre dans la rumeur du vent. Les deux jeunes gens attendent, le souffle court, aux aguets, si près l'un de l'autre que Benoît sent l'odeur d'Azza, une odeur de femme, naturelle, sans le fard des parfums. Très haut dans le ciel, des vautours sifflent.

— Il est parti. On peut y aller, dit la jeune fille.

Elle marche devant, légère sur les rochers, comme si la fatigue ne l'atteignait pas. Pataud, Benoît tente de la suivre. De temps en temps, elle lui envoie un regard impatient.

— C'est chez moi ! déclare Azza alors qu'ils sont parvenus à une grotte dont l'entrée se voit à peine entre les rochers. Je t'invite, mais tu seras sage, hein, c'est promis ? Pas de bêtises ?

— Allez, ne fais pas ta grande fille. Tu es majeure, au moins, pour sous-entendre des choses comme ça ?

Azza sourit, puis rassemble des brindilles et des branches mortes sur les cendres d'un feu éteint.

— On est dans la forêt de Saint-Étienne. Ce n'est pas le meilleur endroit pour se cacher, parce qu'on est près de la route et d'un chemin de grande randonnée, une sorte de piste où des abrutis viennent jouer les aventuriers avec leurs 4 × 4. Et puis il y a aussi des chasseurs. Bientôt, on devra déménager, mais pour le moment ça ira.

Elle parle comme s'ils devaient rester ensemble un temps indéfini. Benoît a une pensée pour Murielle. Comment réagirait-elle si elle apprenait qu'il va passer quelque temps dans la montagne avec une fille ? Elle pourrait en sourire : aucun danger, Azza n'est pas le genre du jeune avocat. Certes, elle est belle, et chacun de ses gestes éveille chez Benoît un désir inattendu, mais cela tient au contexte, à l'environnement et à leur isolement. Rien à voir avec le grand amour que le jeune homme éprouve pour la dentiste.

— Tu connais bien le coin ? demande-t-il pour chasser ces pensées troublantes.

— Je le connais comme ma poche. J'ai passé mon enfance à Forcalquier. Tu peux me croire, je le sais : ici, on n'est pas en sécurité. Une seule route traverse la montagne, et c'est d'elle que viendra le danger. Demain, on passera entre le jas de Berlé et l'oratoire Saint-Joseph. On venait y camper quand j'étais gamine. De l'autre côté, c'est la forêt de Cruis. On remontera dans la montagne vers le signal de Lure ou le pas de la Graille. Là, pas de danger, personne ne viendra nous chercher. Par contre il fera froid.

Tout en parlant, Azza a allumé le feu. Elle sort d'un petit sac un lapin qu'elle dispose sur l'âtre, et très vite une bonne odeur de grillade se répand dans la grotte.

— Où est-ce que tu as trouvé ça ? demande Benoît.

— La montagne grouille de lapins, il suffit de savoir les attraper !

— Et tu sais faire ?

— La preuve ! Bon, je suppose que tu n'as mangé que des fruits sauvages depuis que tu es là. Il y en a partout. Mais ça ne remplace pas un bon morceau de viande. Si tu ne manges pas, tu ne pourras pas tenir le coup. Ici, il fait froid, c'est déjà l'hiver. Pour ne pas flancher, il faut t'imposer une bonne discipline. Comme les soldats en temps de guerre.

— Tu parles comme un professeur, c'est bizarre. Et puis je ne sais pas combien de temps tu comptes rester ici, mais moi je serai vite rentré...

— Ah bon ? Alors pourquoi tu ne l'as pas déjà fait ? Tu as eu plusieurs occasions, il me semble, non ?

Pourquoi, en effet ? Ses bonnes raisons apparaissent soudain ridicules à Benoît.

— Pas la peine de me prendre pour une demeurée ! Les raisons qui t'ont amené là, ça te regarde, mais à mon avis ce n'est pas tout rose, sinon ils n'auraient pas déployé un cordon de gendarmes, un chien et un hélicoptère...

— Je te jure que je n'ai commis qu'un excès de vitesse ! On me cherche parce que ma famille se fait du souci ; ce n'est pas dans mes habitudes de disparaître ainsi !

Le rire de la jeune fille éclate comme un chant d'oiseau, ricoche sur les parois de la grotte où il se brise en éclats lumineux.

— À d'autres ! Enfin, ce n'est pas mon problème.

À l'aide d'un petit couteau, elle détache avec des gestes habiles une cuisse qu'elle lui tend.

— Maintenant, mange et tais-toi. Ça vaudra mieux.

Benoît mord dans le morceau de viande grillée, se brûle et grimace.

— Ce n'est pas très bon.

— Eh oui, ça manque de sel. Tu en as apporté ? Non ? Alors ne fais pas ton petit capricieux, ça ne sert à rien.

Azza dévore à belles dents le râble, tout en surveillant le feu auquel elle ajoute de temps en temps un morceau de bois qui grésille avant de s'enflammer.

— Il va falloir que j'aille faire les courses. On n'est pas très loin de Lardiers. Je pourrais y aller, mais je risquerais de tomber sur un de mes oncles. Le mieux, c'est de pousser jusqu'à L'Hospitalet ou Saumane. Après, on pourra se replier vers la Gardette, même s'il y fera très froid. Je me souviens, quand on partait avec ma classe vers le col Saint-Vincent, la neige qu'on y trouvait. Il y a un chemin...

— Mais ma parole, tu as passé ta vie ici !

Azza sourit à l'évocation de ses souvenirs, de son enfance trop vite terminée, d'une vie qui lui ressemblait.

— Au fait, tu ne m'as pas dit ton nom ! Moi, c'est Azza, mon père l'a assez beuglé pour que tu l'aies compris.

Elle se cambre ; le relief de ses seins devient saillant sous son pull.

— Je m'appelle Benoît. Benoît Montès. Mon père est un ponte de la police à Marseille.

Azza ouvre de grands yeux pleins de surprise. Son rire résonne à nouveau, presque enfantin, s'amplifie, magnifique et fragile dans les échos de la grotte.

— Ton père est flic et toi tu te caches ? Tu dois avoir fait une sacrée connerie !

— Tu es vraiment têtue ! Je te dis que c'était juste un excès de vitesse !

Les flammes perdent leur vivacité, les tisons s'écroulent sous leur propre poids et les braises se couvrent d'une fine pellicule de cendres. Azza conseille à Benoît de dormir ; ils aviseront demain. Et demain elle ira faire des courses, elle n'oubliera pas le sel, pour que le jeune homme puisse apprécier le goût du lapin. Cette délicate attention touche l'avocat. Pourtant, il ne peut pas rester avec Azza. Il doit rentrer. Et puis il ne sait rien d'elle... Sous sa belle frimousse, sous ses accents de sincérité, que cache-t-elle vraiment ? Demain, il regagnera la route et rentrera à Marseille, en stop s'il le faut.

— Au fait, qu'est-ce que c'est, ce truc ? demande la jeune fille en désignant le cadre.

— C'est Baptiste ! répond spontanément Benoît, comme si le prénom coulait de source. Je l'ai trouvé dans les ruines d'un moulin.

— Il est beau ! s'émerveille Azza tout en posant sa main sur le visage comme pour le caresser.

— Il a plus de cent ans, quand même ! tranche l'avocat, piqué par ce geste de tendresse envers un inconnu.

— Allez, maintenant, il faut dormir, conclut la jeune fille en se tassant contre un rocher qui lui fait un dossier et en repliant ses jambes sur sa poitrine. Bonne nuit.

Mais Benoît est mal à l'aise. Il lui semble que la fugitive lit dans ses pensées et n'ignore rien de son désir pour elle, surtout à cette heure. Il aimerait se rapprocher, lui toucher l'épaule, mais il n'ose pas. Penser à Murielle l'incite à s'asseoir loin d'Azza, à distance, de l'autre côté de l'âtre où le feu meurt lentement. La jeune fille a fermé les yeux ; son visage s'efface dans l'ombre. Benoît n'en aperçoit plus que le nez, le front large et clair, les lèvres serrées. Il se tourne vers Baptiste, éclairé par la pâle lueur des dernières flammes. « Pauvre Baptiste, condamné à regarder le monde de derrière un carreau ! pense l'avocat. Où sont tes os, mon ami ? Où gis-tu ? Dans le cimetière paisible de tes ancêtres ou dans la boue de Verdun ? Face à toi, certaines préoccupations deviennent futiles. »

Benoît ferme les yeux et s'efforce de penser à Murielle. À cet instant, elle doit être seule chez elle, alanguie sur son canapé. Il se concentre sur son corps, ses cuisses, son ventre et ses seins, sa gorge si agréable à dévorer de baisers gourmands, et sourit en laissant monter le désir en lui pour un rêve d'amour qu'il voudrait loin d'Azza.

Murielle ferme son cabinet. Son rendez-vous de dix-neuf heures a été annulé, ce qui lui permet de rentrer chez elle un peu plus tôt que d'habitude. Elle habite place des Capucins, dans le même immeuble que Benoît. À cette heure, la circulation est dense, il lui faudra une bonne demi-heure pour aller récupérer Léa. Elle se sent fatiguée et redoute la confrontation avec sa fille. Elle regrette aussi de ne pouvoir rendre visite plus souvent à ses parents. Son père n'a pas digéré son divorce et considère qu'elle a fait là une erreur impardonnable. Roulant en direction de Vautrèges, elle rouspète contre les véhicules qui n'avancent pas. Au feu, malgré la présence d'un gardien de la paix sur le trottoir, elle compose le numéro de Macha.

— Tu as des nouvelles de Benoît ?
— Non. On ne sait pas où il est. Les flics l'ont cherché toute la journée. Mon père a envoyé un hélicoptère. Rien. Je suis très inquiète.
— Il doit être ailleurs...
— Non, il aurait donné de ses nouvelles.

Murielle ne s'angoisse pas outre mesure. L'avocat est le premier homme qu'elle a rencontré depuis son divorce. Elle a tenté de chasser sa solitude auprès de lui, mais elle le trouve parfois puéril. Il a très vite parlé de l'épouser, alors qu'après un premier échec encore proche elle ne se sent pas prête pour une nouvelle union. Et puis Léa lui cause beaucoup de souci.

— Qu'est-ce qu'on fait, alors ? demande la dentiste.

— Demain, une nouvelle équipe ira sur le terrain. J'en serai. Si Benoît est dans les parages, je le trouverai. Mais je ne suis vraiment pas tranquille : d'après mes sources, le relais téléphonique est réparé, et je n'arrive toujours pas à le joindre.

Murielle déplore le fait que Macha soit toujours plus proche de Benoît qu'elle-même. Pourquoi ne l'a-t-il pas appelée ? Est-il blessé, dans l'incapacité de répondre, comme sa sœur le redoute, ou est-ce seulement que la batterie de son téléphone est vide ?

À Vautrèges, elle gare sa voiture devant le portail de la belle propriété des Jacquin, la famille de son ex-mari. Léa l'attend en compagnie de sa grand-mère. Les deux femmes se saluent à distance, puis Murielle embrasse sa fille avant de la faire monter à l'arrière du véhicule. Tout en roulant vers le centre-ville, elle l'observe dans le rétroviseur. Recroquevillée sur elle-même, la gamine a l'air sombre. C'est une sauvageonne aux cheveux raides retombant devant son visage.

— Alors, ma chérie, ta semaine s'est bien passée ?

Pas de réponse. Arrivée place des Capucins, la jeune femme s'engage dans le parking, puis prend le sac de sa fille et se dirige avec elle vers l'ascenseur. Léa n'a toujours pas desserré les dents. Elle suit sa mère en traînant, comme si elle regrettait d'avoir quitté le parc de ses grands-parents. Murielle a beaucoup perdu avec son divorce, mais ne regrette rien. Elle ne supportait plus Jérémy. Un rejet total après un amour fougueux devenu dégoût.

Sans un mot, Léa rejoint sa chambre et referme vivement la porte derrière elle. Murielle la rejoint.

— Quelque chose ne va pas, ma chérie ? lui demande-t-elle en entrouvrant la porte. Ta semaine s'est mal passée ?

La gamine s'est assise sur son lit, les genoux repliés sous le menton, les lèvres boudeuses.

— Dis-moi, insiste Murielle en posant sa main sur l'épaule de Léa. Parle-moi, je peux t'aider, tu sais.

— Je n'ai besoin de personne ! grogne la gamine en repoussant la main de sa mère.

— Bon, alors je vais préparer le repas. Il faut te coucher tôt, demain il y a école.

Léa explose brutalement, poussant un cri strident. Effarée, Murielle recule jusqu'à la porte. D'ordinaire, sa fille est assez introvertie, préférant la solitude de sa chambre à la compagnie des adultes, et jamais elle ne fait de caprice.

— Mais enfin ma chérie, qu'est-ce qui se passe ? Qu'est-ce qui ne va pas ?

Murielle tente un geste vers Léa qui la repousse violemment en hurlant avant de se jeter sur son lit en se griffant le visage.

— Arrête ! s'emporte Murielle en saisissant sa fille par le bras.

La colère décuple les forces de Léa, et sa mère a beaucoup de mal à la maîtriser. Enfin, la gamine fond en larmes et s'affale sur son lit.

— Léa, dis-moi ce qui ne va pas.

— Non.

La situation est assez grave pour alerter Jérémy. Lorsqu'il décroche, Murielle entend que son ex-mari est encore à l'hôpital où il exerce.

— Léa vient de faire une énorme colère, lui annonce-t-elle. Elle pleure et je n'arrive pas à la calmer. Il s'est passé quelque chose, cette semaine ?

— Non. Rien de particulier. Ça doit être le contrecoup de notre divorce. Et tu sais qui en est responsable...

L'attaque est aussi cinglante qu'un coup de fouet. Malgré son envie de répliquer et d'exprimer toute sa haine, Murielle parvient à garder son calme.

— Si on arrêtait de se renvoyer la balle ? Léa est malheureuse, Jérémy. Je veux juste savoir s'il s'est passé quelque chose pendant qu'elle était chez toi. Elle était toute souriante quand je te l'ai amenée, et tu me rends une petite furie !

— Écoute-moi bien, Murielle : il ne s'est rien passé. Léa voudrait seulement que ses parents recommencent à vivre ensemble, comme avant !

— Bon, si tu le prends sur ce ton, je vais retourner voir le juge. Il est inadmissible que tu transmettes à notre fille ton ressentiment à mon égard.

Elle raccroche et rejoint dans sa chambre Léa qui sanglote toujours, la tête enfoncée dans son oreiller.

— Calme-toi, ma chérie. On va essayer de trouver une solution pour que tu sois moins malheureuse.

Dix-sept heures dix. Bernard Montès passe dans le bureau de sa secrétaire pour lui annoncer qu'il s'absente. Monique travaille avec lui depuis des années et a appris à l'apprécier. Le divisionnaire est un homme assez secret, mais la ride qui se creuse entre ses épais sourcils noirs est le signe d'une grande préoccupation. Bernard Montès parle peu, mais Monique sait qu'il a trois enfants, dont un d'un second mariage, et, grâce à l'indiscrétion de certains employés, elle a appris que le petit dernier, Arnaud, était relativement instable, étudiant en droit pour meubler le temps, mais surtout assez enclin à boire. Et puis, depuis quelques jours, le commissaire n'a plus de nouvelles de son autre fils, Benoît.

Montès rejoint Macha dans un bistrot qu'il connaît bien. Se faufilant entre les tables de la terrasse, il salue le patron avant d'aller embrasser sa fille qui se lève quand elle l'aperçoit.

— Toujours rien, lui dit-il avant qu'elle n'ait formulé sa question. J'ai usé de toute mon influence pour multiplier les recherches. La montagne de Lure est immense, c'est vrai, mais je ne comprends pas qu'il ne soit pas resté près de sa voiture !

— C'est vrai. Je n'arrête pas d'y penser. Et je me dis qu'à sa place j'aurais fait du stop. Du coup, je me dis aussi que c'est peut-être ce qu'il a fait, qu'il est tombé sur un fou…

— Enfin, Macha, ça ne tient pas debout ! Une femme, une gamine, d'accord, mais ton frère, quand même…

— Tu sais, il est avocat, il a obtenu la condamnation de certains caïds… Ça peut exciter les désirs de vengeance, non ? Tu devrais peut-être chercher de ce côté-là aussi…

Bernard réfléchit un instant. Ses indics l'auraient averti. Cela dit, le milieu marseillais a beaucoup changé ces dernières années. La pègre recrute beaucoup, et les nouvelles têtes se multiplient, le tout dans un climat de rivalités, de guerre entre gangs.

— Je n'y crois pas, finit-il par dire. Mais je vais quand même mettre un gars sur le coup. Quant à toi, rien n'est réglé. Desfond est un abruti, il veut faire du zèle et voit des terroristes partout. Si on le laissait faire, il mettrait la moitié de la ville en garde à vue. Ton dossier n'est pas classé. J'ai essayé de le prendre par les sentiments, rien n'y fait. Il est persuadé que tu peux le conduire à un réseau terroriste, ce crétin. Attends-toi à ce qu'il te cherche à nouveau des noises.

— Il ne me fait pas peur. Je saurai lui rappeler que la presse a toujours le dernier mot.

— Il ne t'en laissera pas l'occasion. C'est un obstiné. Un besogneux. Il m'a parlé de tes relations avec Bakis Hamas.

Macha sourit.

— J'ai interviewé ce garçon quand il était très en vue. C'est un ancien footballeur de l'OM. Je ne vois pas ce qui peut être répréhensible là-dedans. Bakis Hamas n'a aucun lien avec les milieux islamistes.

— Mais son frère a été condamné pour trafic de drogue.

— Son frère et lui, ça fait deux. Bakis Hamas est un homme très agréable, plein d'esprit et...

— ... et séduisant. Toutes les femmes sont folles de lui, je suppose que toi aussi. Il a de l'argent, et c'est un beau parleur.

— Je ne suis pas aussi sensible à son charme que tu le crois.

Montès porte son verre de bière à ses lèvres et boit en observant longuement sa fille.

— Comment va Arnaud ? demande soudain Macha.

— Il ne change pas.

— Depuis la mort d'Agnès, il n'arrête pas de nous téléphoner, à Benoît et à moi. Il se pointe chez moi n'importe quand, et je ne pense pas que ce soit par amour fraternel...

— Qu'est-ce que tu insinues ?

— Rien. Je trouve ça étrange, c'est tout ! Je me dis qu'il doit avoir autre chose derrière la tête.

La jeune femme ne dévoile pas le fond de sa pensée car elle se méfie de la réaction de son père : lui, si fort dans son métier, si inflexible dans ses décisions professionnelles, est incapable de refuser quoi que ce soit à sa femme. D'ailleurs il préfère changer de sujet.

— Macha, accepte de dire tout ce que tu sais à Desfond à propos de la bande de vauriens qui vivent aux crochets de Bakis Hamas, et tout s'arrangera !

— Je ne trahis pas mes informateurs, papa. Je suis journaliste, pas flic, je peux invoquer le secret professionnel.

— Alors tant pis pour toi ! Moi, je ne pourrai rien faire. Ce type est trop obstiné.

Montès se lève, va payer les consommations au comptoir et revient embrasser sa fille.

— Si tu as la moindre information sur Benoît, lui dit-il, passe-moi un coup de fil.

— Évidemment.

Macha s'apprête à partir quand son portable sonne. C'est Murielle. Elle est en pleurs : Léa va mal. Elle fait colère sur colère et en vient même à se griffer le visage. Jérémy refuse d'avouer ce qui s'est passé à Vautrèges et accuse son ex-femme d'être à l'origine des troubles de la fillette.

Dix minutes plus tard, la dentiste rejoint Macha et prend la place de Bernard Montès. Le ciel s'est voilé. L'horizon gris au-dessus de la mer annonce de l'orage dans la soirée. Il fait frais.

— Où est Léa ? demande la journaliste.

Murielle allume une cigarette, détestable habitude dont elle ne peut se défaire et qui lui est d'une grande utilité quand tout va mal, puis pousse un gros soupir.

— J'ai appelé ma mère à la rescousse pour la garder. Je n'en peux plus.

Elle retient ses larmes. Comment être forte quand on se sent fragile ? Comment prendre les bonnes décisions quand on passe des heures à hésiter ?

— Je vais retourner voir le juge, je ne peux pas supporter que Jérémy m'accable quand il est avec ma fille. S'il continue, je porte plainte.

— Peut-être qu'il vaudrait mieux ne pas en arriver là...

— Mais tu te rends compte du mal qu'il fait ?

Murielle s'essuie les yeux et commande un Perrier, écrase sa cigarette dans le cendrier.

— Et puis Benoît, murmure-t-elle. Tu as des nouvelles ?

— Non. Je quitte mon père à l'instant. Lui non plus ne sait pas où il se trouve.

— Je ne sais plus où j'en suis, conclut Murielle. Bon, il faut que je rentre, ma mère ne peut pas rester toute la soirée.

Azza lève les bras au-dessus de sa tête, s'étire et se dirige vers l'extérieur de la grotte. Benoît se lève à son tour et grimace. Il a mal dormi : sa position inconfortable et la présence de la jeune fille l'ont tenu éveillé de longues heures durant.

— Dis donc, tu en fais du bruit quand tu dors, toi, se moque Azza.

— Ah bon ? Je ronfle ?

— Tu ronfles, tu grognes, tu grinces des dents... Je plains celle qui partage tes nuits !

— J'ai mal aux jambes. Je n'ai pas l'habitude de dormir assis.

— Il va falloir t'y habituer !

— M'y habituer ? Tu sais, je ne vais pas m'éterniser ici... Aujourd'hui, je rejoins la route et je rentre chez moi. Je ne suis pas fait pour les grottes, je crois.

— Pauvre chou ! grince Azza, les mains sur les hanches. Bon. Eh bien, si tu veux partir je ne te retiens pas. Mais tu es loin de la route et vu comme tu m'as l'air dégourdi il fera nuit avant que tu l'aies trouvée...

Le jour s'est levé ; il pleut. Une épaisse brume noie la vallée et les collines. Seul le bruit des gouttes s'écrasant sur la terre molle perce le silence. Le jeune homme fait jouer ses membres douloureux, marche sur les pierres mouillées.

— Alors, quelle direction tu vas prendre ? demande la jeune fille à Benoît qui va et vient pour dégourdir ses membres endoloris. Par ici ? Par là ? À droite ? À gauche ?

— C'est bon, je n'ai pas besoin d'une leçon d'orientation, tu deviens désagréable, là.

Azza lâche un petit rire sec. Sans se préoccuper d'elle, Benoît décide de partir sur-le-champ. Au bout d'une centaine de mètres, près d'un bosquet d'épineux, il remarque un arbre plus grand que les autres, totalement nu. Ses larges feuilles forment sur le sol un tapis sombre dont se dégage une forte odeur qui lui rappelle les automnes chez ses grands-parents maternels du côté de Grenoble. Par terre, des noix, qu'il casse sur une pierre. Ayant arraché la peau du bout des ongles, il se délecte des cerneaux blancs, frais et craquants sous la dent, la saveur d'un temps révolu.

— C'est bon, hein ? lui crie Azza de loin. Tu vois, tu peux te débrouiller si tu fais un effort !

— Je ne t'ai rien demandé, grogne-t-il.

Il s'enfonce sous le couvert des arbres, puis se dit qu'il va chercher sa position sur son iPhone, mais la batterie est à plat.

— Pourquoi tu me suis ? s'emporte-t-il en s'apercevant qu'Azza marche sur ses talons. Je n'ai pas besoin de toi, tu sais !

— Tu vas te perdre, sans ton GPS, voilà ce que tu vas gagner à t'entêter comme ça !

Le ton n'est ni celui du reproche ni celui de la moquerie. Plutôt celui de la déception, comme si la jeune fille avait espéré que Benoît resterait avec elle. Le crachin a cessé, un soleil blanc se dessine derrière la brume. L'avocat s'assoit sur un rocher.

— C'est Baptiste qui va être malheureux si tu le laisses

tomber, tente Azza en s'asseyant à côté du jeune homme, si près qu'il en est troublé. Ça faisait longtemps qu'il attendait un copain dans son moulin en ruine !

— Il a vu pire, Baptiste ! Moi, il faut que je retrouve ma famille.

— Tu as de la chance d'avoir de la famille, réplique Azza en tournant vers lui ses grands yeux noirs. Moi, je suis toute seule !

— Qu'est-ce que tu racontes ? Tu as un père et une mère, comme tout le monde !

— *J'avais*. Mais maintenant je n'ai plus personne. Et je ne suis ni vraiment française, ni vraiment tunisienne.

Benoît se tait, ne sachant que répondre.

— Bon, il faut que j'aille faire les courses. Si tu veux, tu peux m'accompagner. Une fois au village, tu feras ce que tu voudras, à part me balancer. D'accord ?

— D'accord.

— Mais il y a beaucoup de chemin, et pas du facile, alors on va retourner à la grotte pour boire quelque chose et manger les restes de lapin. Même si ce n'est pas très bon, tu te forces, sinon tu ne tiendras pas jusqu'au bout.

— À t'écouter, on part pour une véritable expédition !

— Un peu. La montagne de Lure, c'est un désert où il est facile de se perdre. Allez, viens.

Cette façon de vouloir tout diriger agace Benoît. Pourtant, Azza sait mettre dans sa voix des intonations, une douceur qui le touchent malgré lui. « Mais qu'est-ce qui m'arrive ? se dit-il. Je ferais mieux de penser à Murielle... C'est la semaine où elle a sa fille. Avec un peu de chance, je la serrerai dans mes bras ce soir. Du calme. »

Azza ramasse des brindilles, des branches mortes, avant d'entrer dans la grotte où elle allume le feu.

— Dis, tu pourrais apporter du bois ? lui demande-t-elle avec un certain agacement. Je ne peux pas tout faire.

Sans un mot, l'avocat part ramasser des branches sèches qu'il trouve en quantité sous les taillis. Il revient frigorifié, pose le bois près du foyer puis s'assoit à côté de Baptiste tandis qu'Azza présente aux flammes les morceaux de viande. De temps en temps, elle jette un regard au jeune homme qui fait semblant de ne pas le voir.

— Tu n'es pas bavard, ce matin... Tu dois être comme ma sœur, de mauvaise humeur jusqu'à midi, non ?

— Non, pas particulièrement.

— C'est bien ce que je pensais. Ma sœur aussi, elle te dira qu'elle est de bonne humeur alors qu'elle passera la matinée à faire la tête et à t'engueuler dès que tu lui parles. Moi, c'est le contraire. Le matin, je suis toujours en forme.

Elle retire la viande du feu et en tend un morceau à Benoît.

— C'est souvent meilleur réchauffé. C'est un peu brûlé, mais tu verras, ça fait oublier qu'il n'y a pas de sel.

Le sourire qui éclaire son visage donne à sa peau très blanche un reflet luisant, la finesse d'un galet. Ses yeux se plissent en longues amandes noires.

— On partira par la forêt de Saint-Étienne, où personne ne viendra nous chercher. On se rapprochera de Lardiers où j'irai faire les courses. Ensuite, je remonterai vers Malcort en suivant le chemin de randonnée. Là-haut, je trouverai un abri tranquille. Toi, tu feras ce que tu veux.

Bien qu'il ait très envie de rentrer chez lui, la manière de parler de la jeune fille déplaît à Benoît.

— Il y a une autre route plus près, rouspète-t-il, mais tu m'emmènes à Lardiers pour me garder le plus longtemps possible, c'est ça ?

— Je ne répondrai pas à une telle ânerie. Franchement, ton copain, c'est un bizarre ! ajoute Azza en se tournant vers Baptiste.

Puis, fixant Benoît droit dans les yeux, elle poursuit :

— Comme toi, je n'ai pas l'intention de rester ici pendant des lustres. Seulement le temps qu'on m'oublie, que les gens arrêtent de me chercher. Ensuite, je partirai. Ne t'en fais pas, j'ai tout prévu.

— Alors tu veux aller faire les courses ? C'est risqué, on va te voir, te poser des questions...

— Moi, je ne suis pas comme toi, je n'existe pour personne, à part pour ceux qui sont à mes trousses. Et ils n'auront pas l'idée de venir me chercher à Lardiers. Ils doivent penser que j'ai arrangé mon évasion avec Tanguy, mon copain. Le temps qu'ils vérifient tout ça, nous, on sera en sécurité.

— Ton copain Tanguy ?

Benoît regarde Azza avec intensité, la dévisage comme si l'existence de ce garçon la transformait brutalement, faisait d'elle une femme et non plus une gamine.

— J'aurai dix-huit ans le 24 décembre. Quand je serai majeure, personne ne pourra plus m'obliger à faire ce que je ne veux pas.

— Le 24 décembre ? Quelle coïncidence !

— Pourquoi ? C'est aussi ton anniversaire ?

— Non, mais le 24, j'ai un rendez-vous important à Marseille.

— C'est curieux, en effet ! Peut-être un signe du destin ?

Azza éclate d'un rire un peu forcé.

— Oui, enfin il ne faut peut-être pas trop fantasmer...

La jeune fille se renfrogne. Benoît a été maladroit.

— J'ai huit ans de plus que toi, dit-il pour se rattraper, et nous n'avons pas la même vie... J'ai terminé mes études, je travaille depuis un moment, alors que toi tu viens de commencer la fac.

— Oui, c'est ça, nous n'avons pas la même vie, nous ne sommes pas du même monde. J'avais compris, tu sais...

— Qu'est-ce que tu vas t'imaginer ? s'emporte Benoît qui reste à court d'arguments.

— Allez, les courses, tranche Azza. On réglera ça plus tard.

Ils sortent dans le froid vif. La brume se dissipe. Une fois au sommet de la colline, un soleil hivernal les surprend dans un ciel sans nuages. Azza regarde longuement autour d'elle.

— Ici, le temps change en un clin d'œil. Bon, ne nous perdons pas. Si j'ai bien compris, le soleil se couche là-bas, non ?

— Oui, je crois, puisqu'il s'est levé au-dessus des sapins.

— Parfait, donc voici la ligne est-ouest. Nous, on va vers l'ouest. Je crois me souvenir qu'il y a un sentier, un chemin de randonnée. On poursuit dans cette direction, et avec un peu de chance on trouvera le chemin, sinon, on continuera dans la montagne, mais c'est plus dur.

Azza passe devant, avec l'assurance de celui qui sait où il va. Benoît a mal aux pieds. Ses chaussures de ville sont déformées par la marche sur les cailloux. Azza s'en aperçoit.

— Il te faudrait d'autres chaussures. Avec celles-là, tu n'iras pas loin.

— Je n'ai pas l'intention de passer ma vie à marcher dans les cailloux, de toute façon.

Le portable d'Azza sonne et Benoît sursaute. C'est la première manifestation du monde extérieur depuis plusieurs jours. La jeune fille regarde le numéro et répond.

— Tanguy ? Oui, ne t'en fais pas, tout se passe comme prévu. J'ai rêvé de toi cette nuit. Oui. Moi aussi. Je te tiens au courant, ne t'inquiète pas. Ciao !

— C'est très risqué ce que tu viens de faire ! On peut te retrouver avec ton portable ! lui reproche Benoît.

Azza éclate de rire :

— Tu regardes trop la télé ! Je t'ai dit que mon père et mes oncles ne voulaient pas que la police se mêle de leurs affaires ! Ils auraient trop peur qu'on les mette en cause.

Benoît ne saurait dire ce qui provoque sa mauvaise humeur. L'appel de Tanguy, le petit copain ? Sans doute. Azza est si jeune qu'il l'imagine mal dans les bras d'un garçon et rêvant de s'enfuir avec lui. Serait-il jaloux ?

— En tout cas, je n'ai pas envie qu'on me trouve avec toi. Tu n'es pas majeure ; il ne manquerait plus qu'on m'accuse de détournement de mineure !

Elle s'arrête et se cambre face à lui, qui se trouve ridicule avec son sac sur l'épaule.

— Qui pourrait bien t'accuser ? Personne ne saura jamais rien. Et puis, c'est ton affaire. Tu sais que je dois me cacher ici un certain temps, et ça ne me fait pas peur. Je peux tout à fait rester seule. On fera le point tout à l'heure, mais je te signale que toi tu ne m'as toujours rien dit des raisons qui t'obligent à te cacher. Je peux imaginer le pire ! Pire que du détournement de mineure, d'ailleurs... Horrible violeur de petites filles ! ajoute-t-elle sur un ton coquin.

— Sûrement.

Azza repart, tandis que Benoît la suit lourdement. Sortant d'un taillis, ils s'engagent sur une pente et, au bout, sur un chemin forestier.

— Moi aussi j'ai une copine. Elle s'appelle Murielle et elle est chirurgien-dentiste.

— Tu me l'as déjà dit, et ça ne me regarde pas. Tu fais ce que tu veux de ta vie.

Ils repartent. Le silence s'installe entre eux. Le vent s'est renforcé et incline le sommet des sapins avec un bruit de houle marine. Arrivés au bord d'une petite route, ils s'arrêtent en retrait.

— Lardiers est après ce virage. J'y vais, et toi tu restes ici.

— Non, je vais téléphoner pour qu'on vienne me chercher.

— Comme tu veux, mais attends que je sois de retour. Je ne veux pas me faire piquer à cause de toi.

Tandis qu'elle s'éloigne, un fourgon se dirige vers le village. En un bond, Benoît pourrait être sur la route et l'arrêter, mais il ne bouge pas ; le véhicule passe devant lui, si près que le chauffeur l'a peut-être vu. « Qu'est-ce qui me prend ? s'étonne-t-il. C'est pourtant simple : je me présente aux gendarmes et je rentre à Marseille ; ce soir même je suis avec Murielle. »

Azza revient enfin, portant un lourd sac de provisions. Elle s'assure que personne ne la voit avant de s'enfoncer dans le bois. Benoît court à sa rencontre. Posant ses courses, elle sort une paire de baskets dont elle défait les lacets noués ensemble.

— Tu m'as bien dit que tu chaussais du 42 ? Ce n'est pas le top, je les ai payées quinze euros, mais ce sera toujours mieux que tes pompes déglinguées. Bien sûr, ça ne vaut que si tu décides de rester avec moi.

— Et pourquoi je ferais ça ?

— Parce que à deux le temps passe plus vite, même si on se dispute ; ça fait une distraction. Tiens, tu peux porter ça ? C'est super lourd. Et puis j'ai dépensé plus que prévu…

— Je t'aide à porter ça jusqu'à la grotte parce que c'est trop lourd pour toi, et ensuite je pars.

— Pas question de retourner où on était cette nuit ! objecte Azza avec un sourire, sur un ton plein de gaieté. C'est trop près de la route ! Et puis quand on arrivera où je veux aller, il sera trop tard pour que tu repartes. La nuit, on se perd facilement dans la montagne, on peut tomber dans une crevasse. Tu t'en iras demain matin, avec le jour.

Benoît ne répond pas, conscient de la confusion de ses

pensées. Il voudrait tout à la fois partir et rester, retrouver sa sœur et Murielle, et ne pas perdre Azza. Il lui semble qu'elle gomme ses soucis, et aussi le présent et le passé.

— Dis donc, fait Azza en se pinçant les narines, il faudrait peut-être que tu penses à te laver, tu pues comme un fouine ! J'aurais dû te prendre de l'eau de toilette pour camoufler cette horrible odeur... Un de ces quatre, va faire un tour dans un torrent, ce sera sympa pour moi...

Ils s'engagent sur le chemin forestier menant à Saint-Étienne-les-Orgues et s'enfoncent bientôt dans une forêt de grands mélèzes odorants. Alentour, le soleil baigne les sommets d'une lumière froide.

— Tu vois, quand on sera là-haut, sur le flanc de la montagne, il faudra tourner à gauche. Avec un peu de chance, on trouvera le chemin qui conduit à Malcort. Sur la gauche, on laissera alors Saumane et L'Hospitalet. Pour le moment, je ne sais pas pour toi, mais moi je suis crevée, et je ferais bien une pause. J'ai pris du confit de canard, du sucre, du sel, une ficelle, une baguette, du pain de mie qu'on fera griller sur le feu, et je me suis aussi acheté un jean, pour remplacer celui-ci qui est tout déchiré.

— Dis donc, tu en as fait des emplettes !

— Arrête de te moquer, s'emporte Azza en dépliant le pantalon. C'est le premier prix, c'est moche, mais ici on ne va pas faire un défilé. Attends-moi, je reviens.

Elle court se cacher derrière un taillis et réapparaît presque aussitôt. Le jean moule son corps magnifique, ses hanches et son ventre plat. Sa silhouette en est changée, Benoît est subjugué. Plus visibles, ses formes prennent une grâce que Benoît avait devinée. Chacun de ses mouvements exhale désormais une sensualité qui le met mal à l'aise.

— Je te plais ?

— Tu es très jolie, mais beaucoup trop jeune pour me plaire.

— Peut-être. En tout cas, apparemment, je ne suis pas trop jeune pour te tirer d'affaire ! s'insurge Azza. Tu fais ta grande personne, mais sans moi tu ne serais pas sorti de l'auberge ! Allez, passons. On va manger un petit truc pour se donner des forces.

Elle casse la baguette en deux et en tend le plus grand morceau à Benoît.

— J'ai pris du Nutella pour les tartines. C'est bon !

Le jeune homme sourit.

— Tu es vraiment une enfant.

— Et alors ? Tu n'aimes pas le Nutella ? Ce n'est pas parce que les enfants en raffolent que les adultes ne doivent pas y toucher ! C'est riche en calories. Allez, fais-toi une tartine et mange.

Il ne se fait pas prier. Son estomac, noué jusque-là, s'est détendu, et il se sent un appétit de loup. Il mord à belles dents dans le pain frais.

Ils repartent. Chaussé de ses baskets neuves, repu, Benoît avance d'un bon pas. Ils traversent une épaisse forêt après laquelle le flanc de la montagne se dénude, laissant place à des taillis au milieu d'une lande sèche d'herbes brunes et de rochers. Un paysage lunaire, hostile à la vie. À mesure qu'ils montent en altitude, le vent souffle plus fort. Au soleil, les rafales soulèvent des nuages de feuilles mortes. L'eau gelée forme des plaques brillantes.

— Sur la gauche, on va trouver un ruisseau. On dormira là. Il fait froid, mais on fera du feu. Ici, personne ne vient jamais.

Tout en parlant, Azza dévale la pente. Benoît ne peut détacher son regard de ses jambes moulées par le pantalon, de ses hanches, de son corps jeune et souple.

Ils arrivent près des berges très escarpées d'un torrent qui court de pierre en pierre.

— Si tu savais t'y prendre, tu pourrais pêcher des truites ! Il y en a plein, ici, mais je crois que je ne peux pas compter sur toi pour améliorer le menu...

Elle longe la berge. Aux rapides succèdent des trous d'eau calme, des marmites géantes creusées dans la pierre. L'eau transparente montre tout un trésor de galets dorés qui scintillent au soleil. Benoît a l'impression d'être le premier à les regarder depuis le début du monde.

— Un peu plus loin, il y a une route et un autre torrent, tu sais comment ça s'appelle ?

Azza sourit, le visage tout près de celui de Benoît, gêné par l'intensité noire de son regard.

— C'est le champ de l'Amant ! fait-elle sur un ton enjoué.

Ses lèvres entrouvertes découvrent ses dents bien alignées. Benoît bredouille. Apercevant son trouble, Azza s'écarte.

— N'oublie pas que j'ai un mec, et qu'il te cassera la gueule si tu n'es pas sage avec moi... et puis tu as sûrement une copine très jalouse, non ?

— Allez, ça va...

— Ça va mieux en le disant. Une petite récré avec une fille qui n'existe pas, qui ne pourra jamais porter plainte, ça peut tenter le plus honnête des hommes...

— Arrête, je te dis.

Un rire de papillon éclate, pur dans l'air froid, plein d'une franchise que Benoît ressent comme une moquerie. Ils gravissent une pente, gênés par les cailloux qui roulent sous leurs pieds. Un troupeau de bouquetins venus manger des glands sous des chênes rabougris déguerpit à leur approche.

— Les seules personnes qu'on peut rencontrer ici sont des chasseurs. D'ordinaire, la chasse n'est ouverte que les fins de semaine, ce qui me laisse du temps pour m'organiser puisque je serai seule à partir de demain. Au fait, quel jour est-on ?

Elle consulte son portable.

— Le 2 décembre. Il faut qu'on s'arrange pour trouver un abri. Le brouillard peut tomber très vite et durer des jours. L'hiver, en montagne, ce n'est pas de la blague.

Ils errent une bonne partie de la journée, cherchant une grotte, mais le sol est entièrement nivelé par des siècles de neige et de gel.

— Tu imagines, s'exclame Azza, un mètre de neige demain matin et un brouillard à couper au couteau ? Tu ne pourrais pas partir !

— C'est pour ça que tu m'emmènes au sommet de la montagne, alors ? Pour faire de moi ton prisonnier ?

— Mais non. Tiens, regarde : vers l'est, il y a une forêt. Elle mène près de L'Hospitalet, ce sera mieux pour toi. Je t'indiquerai le chemin demain.

Tandis qu'ils s'engagent dans un bois aux arbres rabougris et couverts de lichen, ils découvrent, au-dessus d'un éboulement de gros rochers enchevêtrés, une paroi dans laquelle s'ouvrent plusieurs anfractuosités.

— Voilà ce qu'il nous faut ! dit Azza en pénétrant dans la première grotte. Ça ira. Mais où est Baptiste ?

— Là.

— J'ai eu peur qu'on l'ait oublié.

La jeune fille regarde le ciel sans nuages, puis le soleil qui descend vers l'horizon. La grotte n'est pas très grande, mais suffisante pour allumer un feu et dormir. Tout au fond du ravin coule un torrent bordé de feuilles mortes.

— On a de l'eau, du bois pour le feu, et la forêt pas trop loin pour se cacher. Je t'invite chez moi. Je te propose pour le dîner du confit de canard braisé. Ça te va ?

Son portable sonne, une musique saccadée de rap qui

arrache une grimace à Benoît. Azza porte l'appareil à son oreille. Elle sourit.

— Tanguy, dit la jeune fille, s'il te plaît, ne m'appelle pas à tout bout de champ. Comment ça, tu veux me voir ? Mais…

Elle ne trouve pas d'argument et regarde Benoît en souriant.

— Bon, pourquoi pas, après tout ? reprend-elle. Tu connais la tour Valbelle, à côté d'un bled qui s'appelle Les Escoffiers ? Tu continues jusqu'au jas de la Dame… Oui, là où on allait l'été dernier pour être tranquilles.

Elle ne quitte pas Benoît des yeux. Lui s'est assis sur une pierre, mais il trépigne.

— Donc là, tu continues, poursuit la jeune fille. Tu passes le signal de Lure. Non, il n'y a pas de neige en ce moment, mais ça ne va pas tarder. Tu continues sur la route jusqu'à l'oratoire Saint-Joseph. Je serai là. Vers dix heures demain matin.

Elle éteint son téléphone en jetant un clin d'œil mutin à Benoît qui fait ostensiblement la tête.

— En allant à mon rendez-vous, je t'accompagnerai jusqu'à la route. D'accord ? On se dira au revoir et on ne se verra plus jamais. C'est ce que tu veux, non ?

— Exactement. C'est parfait.

Elle se renfrogne et part chercher du bois sans un mot. Benoît reste assis, perdu dans des pensées, ses contradictions. Il doit appeler sa sœur pour qu'elle vienne le chercher demain matin : Azza lui prêtera son portable.

Comme la jeune fille tarde à revenir, il se dirige vers le bosquet et la trouve assise au pied d'un arbre. Elle lève sur lui un visage défait, des yeux mouillés.

— Qu'est-ce qui se passe ? Quelque chose ne va pas ? lui demande-t-il en se penchant vers elle.

— Non, fait Azza en se redressant vivement et en s'essuyant les yeux avec sa manche. Tout est pour le mieux.

— Tu peux me parler, tu sais. Je suis maladroit mais je peux t'aider, si tu as besoin de moi.

— M'aider ? Il faudrait peut-être commencer par arrêter de te moquer de moi, alors ! Ça m'aiderait déjà bien.

Elle ramasse des branches sèches et retourne vers la grotte. Benoît fait un fagot et la rejoint, le pas lourd. Lui aussi se sent triste sans raison.

— T'en fais pas, dit-il, conscient de sa maladresse, tout en déposant son bois près du feu qu'Azza est en train d'allumer. Tout va s'arranger pour toi. Demain, tu retrouveras ton copain qui pourra rester avec toi...

Elle hausse les épaules. Son abondante chevelure cache son visage penché au-dessus des flammes qui se tortillent entre les brindilles. Benoît se rapproche d'elle et refrène son envie de l'attirer contre lui. À défaut, il se contente de poser une main sur son épaule. Azza le repousse d'un geste vif.

— Attention à ce que tu fais, l'avertit-elle.

— Je sais, j'ai bien compris que tu avais un mec prêt à me casser la gueule au moindre écart.

Azza lève la tête et repousse ses mèches noires.

— Et il en a maté des plus durs que toi.

La conversation s'arrête là. Benoît va s'asseoir en retrait pour mieux la regarder ; il n'ose pas lui demander son portable pour appeler Macha. Elle cherche une boîte de conserve dans son sac.

— Tu aimes ça, le confit de canard ?

— Bof.

— Il faudra t'en contenter, c'est toujours mieux que le lapin carbonisé sans sel. Par contre, il va nous falloir plus de bois.

— J'y vais, fait Benoît, pas mécontent de sortir et

d'échapper à la présence d'Azza qui monopolise ses pensées. Épaisse et froide, la quatrième nuit tombe. Le temps passe vite en compagnie de la jeune fille. Lorsqu'il revient dans la grotte, Azza, assise dans un coin, est de nouveau au téléphone avec Tanguy.

— Je me demande ce que tu peux lui raconter, bougonne-t-il quand elle raccroche. Puisque tu le vois demain, ce n'est pas la peine de vider ta batterie… elle te sera bien utile jusqu'à fin décembre !

La jeune fille ne prend pas la peine de répondre. Elle place des pierres entre les flammes pour disposer dessus les cuisses de canard. La graisse tombe sur les braises en grésillant. Une bonne odeur emplit la grotte.

— Je n'aurais jamais imaginé que quelqu'un comme toi puisse être aussi jaloux ! Tu sais, je n'ai pas attendu de te rencontrer pour vivre !

— Vivement demain, s'exclame Benoît, préférant se concentrer sur la manière de s'attaquer à sa cuisse de canard sans fourchette ni couteau, tout en observant la façon dont Azza s'y prend.

Elle mange en tenant l'os entre le pouce et l'index, d'un geste plein de grâce et de légèreté. Après une hésitation, le jeune homme fait de même.

— Le temps est en train de changer, dit Azza. Demain il va faire froid, on aura peut-être de la pluie, et si la température continue de baisser, la neige ne tardera pas.

— Tu crois que c'est prudent pour toi de rester seule ici ?

— Je n'ai pas le choix.

— Pourquoi tu ne demandes pas à ton copain ou à une amie de te cacher ?

— Tu parles ! Allez, essayons de dormir.

C'est l'instant que Benoît redoute. Pendant que la jeune fille dispose sur le sol sa longue robe noire en guise de matelas, lui reste debout au milieu de la grotte, en peine. Il aimerait se placer près de la jeune fille mais n'ose pas. Enfin, il s'allonge en retrait sur des vêtements étalés au sol, la tête posée sur son bras replié, et ferme les yeux, se forçant à penser à Murielle. Mais c'est Azza qu'il voit, le corps souple d'Azza, son corps jeune, naturel, apparemment libre. Pourquoi pleurait-elle tout à l'heure, au pied d'un arbre, alors qu'elle était censée ramasser du bois mort ?

Les heures passent. La jeune fille bouge dans l'ombre, sa respiration devient bruyante. Il se racle la gorge comme pour l'inciter à lui parler et chasser tout à la fois cette envie qu'il sent le brûler et faire naître sous ses paupières closes la vision magnifique d'une étreinte de feu. L'isolement lui souffle des pensées interdites. Il ne peut s'empêcher de s'imaginer prenant ce corps peut-être vierge, déchirant ses vêtements dans une frénésie animale, luttant avec lui jusqu'à ce qu'il s'abandonne. Il se tourne, se retourne, tente désespérément de chasser ces envies qui lui font peur. N'y parvenant pas, il se lève et sort.

— Qu'est-ce qui te prend ? Tu pars ?

— Non, je vais faire un tour.

Il reste très longtemps à l'entrée de la grotte, le visage en feu fouetté par le vent de la nuit.

Il est dix-neuf heures. Accoudée au balcon, Virginie Montès attend. Comme chaque soir à cette heure. Elle guette les voitures de la rue, écoute le bruit des moteurs se perdre dans le brouhaha de la ville. Arnaud ne va pas tarder à arriver. Pour rien au monde Virginie ne raterait cet instant. La légère angoisse de l'attente guide son regard vers sa montre à plusieurs reprises. Arnaud rentre toujours avant son père ; la mère et le fils ont ainsi une heure de tête-à-tête et de complicité.

Quand la voiture du jeune étudiant en droit franchit le portail, Virginie sourit et descend l'escalier bordé de pots de géraniums parfaitement alignés. Mme Montès a la passion des fleurs et passe la plus grande partie de ses journées dans son jardin. Âgée de cinquante et un ans, ancienne infirmière, elle a arrêté de travailler voilà une dizaine d'années, à la suite d'un début de sclérose en plaques bien maîtrisé par les spécialistes marseillais mais qui lui vaut une santé fragile. Sa silhouette s'est un peu déformée, son dos légèrement voûté, elle s'est empâtée, mais conserve toujours son joli visage.

Elle embrasse Arnaud lorsqu'il sort de sa voiture. Très maigre, brun, le visage étroit, le jeune homme ressemble à son père, mais il n'en a pas la carrure, la détermination.

Il prépare sans conviction sa licence en droit. Car il aime avant tout la fête, les filles et les soirées arrosées. Si son père le rabroue quand il rentre ivre, sa mère lui pardonne tout. Minimisant les frasques de son enfant, elle n'a de cesse de le défendre, et cherche à faire valoir ses droits en tant que neveu d'Agnès Montès.

Ce soir, comme les autres soirs depuis quelque temps, elle lui demande de la suivre dans le salon pour parler de « choses importantes ». Cette expression désigne entre eux l'héritage de la tante célibataire. Depuis la mort d'Agnès, ils complotent, manigancent dans le plus grand secret.

— Nous sommes le 3 décembre, commence Virginie, le coffre sera ouvert le 24, et le cadeau de Noël ne se présente pas correctement…

— Macha a été arrêtée après une tentative de passage d'arme dans un avion, la coupe Arnaud en se versant une bière dans un grand verre coloré. Et papa m'a dit que Benoît était introuvable.

— Ce n'est pas ça le plus important. J'ai vu M. Lombiert cet après-midi.

— Ah ? Il a fini son enquête ?

— C'est plus compliqué qu'on ne le croyait. Tu sais comment les choses se sont passées ? Après la brouille avec ton père, ton grand-père s'est déclaré en faillite. Le domaine de Porquerolles a été racheté par la société immobilière Azur nouvellement créée et dont on ignore d'où venaient les capitaux.

— Je sais tout ça, s'impatiente Arnaud en portant le verre à ses lèvres.

— Deux ans plus tard, Azur a eu de gros soucis financiers, alors que ta tante gagnait une somme importante au loto. Cette somme lui a permis de racheter Porquerolles, dont elle est devenue l'unique propriétaire.

— Je sais ! s'emporte Arnaud. Je sais aussi que cette folle d'Agnès voulait me tenir à l'écart de son héritage.

Il serre les poings, menaçant. Arnaud est un violent. Quand il a bu, il n'hésite pas à frapper... Considérant qu'il a été victime d'une odieuse préférence, sa mère ne cherche pas à le calmer.

— Les jumeaux sont de fieffés salauds ! ajoute-t-il d'une voix sifflante. Ils ont fayoté avec la tante, pour leur intérêt et surtout pour me plumer ! Jamais je ne le leur pardonnerai ! Et j'en veux à papa d'avoir laissé faire ça !

— Ton père joue les gros durs, mais c'est un faible. Il a toujours préféré les enfants de sa première femme.

Arnaud passe une main dans ses cheveux courts et braque sur sa mère son regard noir, semblable à celui de Bernard Montès.

— Alors qu'est-ce qu'il t'a dit, Lombiert ? Il a trouvé de quoi faire casser la vente ?

— Justement, non. Et il lui faudra du temps pour mettre au point quelque chose. Il espère être prêt le 24 décembre, mais ce serait mieux de retarder l'ouverture du coffre.

— Mais pourquoi, nom de Dieu ? On le paie assez cher pour qu'il se décarcasse ! On nous a assuré que c'était le meilleur détective privé de Marseille et qu'il trouverait une aiguille dans la mer !

— Calme-toi, je t'en prie. M. Lombiert a tout épluché. Il a découvert que ton grand-père, Georges Montès, était l'ami de M. Percolli, le créateur de la société Azur. Cette société n'avait pas les moyens de s'offrir Porquerolles, il pense donc que Georges a fait cadeau du domaine à son copain pour qu'il puisse le revendre à Agnès. Quant à ta tante, il semblerait qu'elle n'ait jamais gagné au loto. Mais tout cela doit être démontré. Il faut compulser des tonnes de paperasse, de comptes pour le prouver.

— La solution, c'est de se procurer la carte des jumeaux.

Comme ça, on pourra aller voir ce que contient le coffre, ou au moins en retarder l'ouverture.

— Oui, mais comment tu comptes t'y prendre ?

— Il faut aller la chercher là où elle se trouve le plus probablement : dans l'appartement de Macha ou de Benoît.

— Voyons, tu ne vas quand même pas aller fouiller chez eux ! s'indigne Virginie. Ce serait un cambriolage !

— Et alors ? Je suis victime d'un vol, on me prend ma part du domaine de Porquerolles et je devrais rester tranquillement assis dans mon fauteuil ? T'en fais pas, je m'en occupe. Je connais des gens…

— Arnaud, tu me fais peur ! Écoute, ton père arrive, j'entends sa voiture ! Parlons d'autre chose. Mais sois prudent !

Macha revient de la montagne de Lure dans un état d'anxiété extrême. Elle s'est fait indiquer par son père la position de la voiture qu'un garagiste de Saint-Étienne-les-Orgues a emmenée. Elle a marché toute la journée, cherchant des indices, un détail. Elle a suivi de nombreux sentiers, traversé des forêts, arpenté des collines arides, appelé son frère, rien : Benoît s'est volatilisé !

De retour à Marseille, elle insiste auprès de son père pour qu'un hélicoptère survole de nouveau la région. Elle partira avec le pilote ; son intuition la conduira forcément jusqu'à son frère.

Elle se fait couler un bain et se glisse avec volupté dans l'eau tiède. Ce qui l'affole, c'est que depuis que son frère a disparu, elle ne sent rien, pas la moindre angoisse, comme s'il était heureux là où il se trouve… La petite musique de l'interphone la surprend. Elle sort de l'eau, enfile son peignoir et va répondre.

— Commissaire Desfond, j'ai besoin de vous parler !

Sans un mot, elle appuie sur le bouton. Les pas se rapprochent ; elle déverrouille sa porte. Deux hommes en civil se tiennent sur le palier ; derrière, près de l'ascenseur, elle devine deux silhouettes de policiers en uniforme.

— Commissaire Desfond, que se passe-t-il ? demande-t-elle en serrant son peignoir contre sa poitrine.

— Allez vous habiller, je dois vous entendre de nouveau au commissariat. Prenez quelques effets personnels, cela pourrait durer.

— Quand cesserez-vous de tracasser les honnêtes gens ? s'emporte Macha. Je ne fais que mon métier ! Et puis je ne pourrai pas rester avec vous : demain, je dois aller à la recherche de mon frère qui est peut-être mourant dans une grotte de la montagne de Lure.

— Nous enverrons une patrouille supplémentaire pour vous remplacer. Dépêchez-vous, je suis pressé.

Voyant qu'elle n'obtiendra rien par la colère, Macha se fait conciliante.

— J'ai demandé au directeur de France 3 de vous confirmer par écrit qu'il était parfaitement au courant de ma tentative d'introduire une arme dans cet avion pour tester les services de sécurité. Je ne vois pas en quoi j'ai mis en danger la vie d'autrui.

— Ce n'est pas pour cela que je veux vous entendre. Vous êtes en possession d'informations qui peuvent nous intéresser.

— Et le secret professionnel, monsieur le commissaire ?

— Ce secret n'est plus de mise quand il fait courir des risques à nos concitoyens. Vos relations avec Bakis Hamas vous ont permis de connaître des gens auxquels mes services s'intéressent. Si vous acceptez de coopérer, tout ira bien pour vous.

— Mes « relations » ? N'exagérez pas. Vous savez, Bakis est très populaire à Marseille. Son passé à l'OM le met à l'abri du besoin, et je ne vois pas pourquoi il fréquenterait des terroristes !

— Bakis a un jeune frère qui n'a pas réussi dans le foot. Et voici la preuve que vous le connaissez, ajoute Desfond en sortant d'un dossier une photo représentant une Macha joyeuse en compagnie d'un homme ressemblant comme deux gouttes d'eau à Bakis Hamas, et à qui elle donne le bras. Nous sommes persuadés que vous êtes au courant des manigances de cette personne. Et vous devez nous en parler.

Macha s'affole. Elle doit prendre au sérieux le risque d'être poursuivie pour non-dénonciation. Car les autorités appliqueront à son égard la consigne de précaution imposée par le ministère : la garder en prison même s'ils la croient innocente plutôt que de prendre le risque de laisser courir un suspect.

— Je peux appeler mon père ?

— Je n'en vois pas l'utilité. Il sera tenu au courant au moment opportun.

— Alors je dois avertir ma mère. Je devais aller dîner chez elle, ment la jeune femme. Je ne voudrais pas qu'elle s'inquiète.

— D'accord. Mais faites vite. Et merci de ne pas avertir toute la ville de Marseille.

— Allô, maman ? Je voulais te dire qu'on m'emmène au commissariat central.

Silence. Desfond ne cache pas son impatience. Enfin, la voix d'Anne-Sophie, au timbre si particulier, bas et éclatant, murmure :

— Qu'est-ce que c'est que cette histoire, encore ? J'espère que ton père s'en occupe !

— Je l'espère aussi, mais je doute qu'il puisse faire quoi que ce soit.

Elle passe dans sa chambre, s'habille en vitesse, entasse

quelques affaires dans son sac et se présente devant le policier.

— Au fond, c'est une bonne chose que vous m'arrêtiez, comme ça, je ferai la même expérience que les nombreuses personnes mises en préventive sans raison. Et je ne manquerai pas de relater ce qui m'arrivera, dans les moindres détails. La police n'y gagnera rien…

— Pour l'instant vous n'êtes qu'en garde à vue. Si vous coopérez, tout ira bien, sinon, je pourrais être contraint d'aller plus loin.

Le regard soupçonneux du commissaire Desfond est plein de détermination. Macha le voit donner ses ordres aux policiers : le petit homme médiocre au visage maigre et osseux ne rate pas une occasion de se ridiculiser.

— On y va ! annonce-t-il sur un ton sec.

Le lendemain matin, après une mauvaise nuit, Anne-Sophie Montès se lève de très bonne heure. L'appel de Macha la tracasse, car en harcelant longuement les gens, la police arrive à faire avouer n'importe quoi à n'importe qui. Elle prend la direction du lycée la tête lourde. Personne ne sait à quel point Anne-Sophie est fragile sous ses airs souriants et optimistes. Dans la rue, elle appelle son ex-mari qui ne s'étonne pas de l'entendre de si bon matin.

— Tu veux qu'on se voie quelque part, dans un bar par exemple ?

Ils se retrouvent sur le Vieux-Port. Bernard Montès l'embrasse avec effusion sur les deux joues avant de lui indiquer la terrasse d'un café où, malgré la saison, les gens profitent encore de la douceur de l'air marin. Anne-Sophie s'assoit face à lui, et il prend le temps de l'observer comme s'il cherchait sur son visage de nouvelles rides, des traces d'austérité, la marque d'un ennui nouveau qui lui ferait du bien. Gênée, Anne-Sophie détourne les yeux. Elle pourrait accepter qu'un autre homme la dévisage ainsi, mais pas Bernard. Elle doit se protéger.

— Macha m'a téléphoné hier soir : on l'emmenait au commissariat. C'est ridicule, tu ne trouves pas ?

— Desfond a des manières qui ne me plaisent pas. À force de me chercher, il va finir par me trouver. Cela dit, il faudrait que Macha arrête de nous bassiner avec le secret professionnel. Qu'elle dise ce qu'elle sait, et il ravalera sa morgue !

— Bernard, tu sais bien que Macha croit en son métier et qu'elle le fait sérieusement…

— Je suis pour la liberté de la presse. Pas de problème. Mais quand un journaliste peut aider la police pour éviter des drames, il me semble que la collaboration s'impose ! Enfin, quoi qu'il en soit, Desfond emploie des moyens que je n'aime pas.

Montès commande un demi. Avec les années, son corps s'est épaissi, son visage s'est élargi, renforçant l'impression d'autorité qu'il dégageait autrefois. Ses cheveux blancs, eux, donnent davantage de force à ses petits yeux noirs, et l'on sent derrière son regard une intelligence, une machine à décortiquer, prête à s'engouffrer dans la moindre faille.

— L'affaire de Macha s'arrangera très vite. Par contre, je suis de plus en plus inquiet pour Benoît. Je ne comprends pas qu'on ne l'ait pas retrouvé ! J'en arrive à me demander s'il ne se cache pas !

— On devrait aller voir M. Girelle…

Bernard sourit, incrédule.

— Tu ne crois quand même pas à ces fadaises de radiesthésie ? Girelle ne trouve que des gens qu'on ne cherche pas !

— Ah oui ? s'emporte Anne-Sophie. Tu te souviens de la petite Lucie que toutes les polices du pays cherchaient en vain ? Sans lui, on ne l'aurait jamais retrouvée…

— C'est vrai, mais là, pour le coup, c'est surtout que ton radiesthésiste a eu de la chance.

— En tout cas, ça ne coûte rien de prendre rendez-vous avec lui. Il m'aime bien parce que j'ai donné des cours de soutien à son fils. Je vais aller le trouver.

Montès hausse les épaules.

— Eh bien d'accord, dit-il sur un ton agacé. Je viens avec toi. On verra ce qu'il te racontera, ton voyant extralucide !

Il va régler les consommations et revient vers Anne-Sophie, qui l'attend à la porte.

— Qu'est-ce qu'on fait ? On prend ma voiture ? Je te déposerai au lycée.

Anne-Sophie accepte, parce qu'un autre sujet la tracasse et qu'il lui faut du temps pour l'aborder. Tandis qu'elle boucle sa ceinture, le véhicule démarre et emprunte les petites rues, les axes principaux étant embouteillés.

— Bernard, tu as des nouvelles de Porquerolles ?

— Rien de particulier. C'est toujours Benotti qui gère, sous la direction de Me Legerrot, en attendant que la succession soit réglée, le 24 décembre.

— Qu'en dit Virginie ?

Elle n'a pas dit « ta femme ». Ces mots lui semblent imprononçables.

— Tu la connais. Elle redoute qu'Arnaud soit lésé. Elle me reproche de prendre le parti des jumeaux, alors que je laisse seulement faire la justice. Tu sais combien j'ai aimé ce domaine, combien la brouille avec mon père m'a affecté. J'ai été le premier à crier à l'injustice lors de la vente à la société Azur, dont le patron n'était autre que Percolli, le meilleur copain de mon père. Franchement, maintenant, je m'en fous !

— Ah bon ?

— Agnès, je l'ai détestée. Mais à présent, elle doit reposer en paix. Je n'ai plus de haine. La seule chose que je redoute, c'est qu'elle ait eu l'idée de donner le domaine à une association humanitaire. Ç'aurait été tout à fait son genre !

Tassée près de la portière, Anne-Sophie se demande ce qui l'a poussée à fuir Bernard, à quitter l'appartement familial en pleine nuit en emmenant les jumeaux. Montès était autoritaire, sûr de lui, souvent borné, et elle, l'universitaire, étouffait auprès de ce policier qui lui laissait très peu de place. Pourtant, elle l'aimait, et elle a compris un peu tard qu'aucun autre homme ne viendrait le remplacer dans son cœur.

La voiture s'arrête dans une ruelle, Montès doit manœuvrer pour la garer convenablement sur le trottoir. Anne-Sophie en descend, franchit une porte cochère donnant sur une petite cour pavée et sonne à une porte blanche. Bernard se tient en retrait, comme s'il regrettait déjà cette démarche inutile. L'homme qui vient ouvrir a sûrement plus de quatre-vingts ans. Très maigre, bossu, le crâne plat et chauve, il observe la visiteuse avec un regard oblique. Ses épais sourcils blancs, son menton proéminent lui confèrent un physique de personnage de conte fantastique.

— Madame Montès, quelle bonne surprise ! C'est aussi une grande surprise de vous voir, monsieur le divisionnaire. Et j'en suis très heureux.

Montès n'a jamais apprécié cet homme à la voix sirupeuse, aux manières onctueuses, en apparence servile mais toujours prêt à escroquer les personnes crédules venant chercher chez lui de quoi espérer un avenir meilleur.

— Monsieur Girelle, nous aimerions avoir votre avis au sujet de notre fils, lui dit Anne-Sophie.

— Je vous en prie, entrez.

Ils pénètrent dans une cuisine minuscule, puis dans un salon dont les murs sont couverts d'étagères où s'alignent des livres anciens reliés plein cuir. M. Girelle présente aux

Montès deux chaises au capitonnage usé, s'assoit à son bureau, une petite table en chêne envahie de papiers.

— Voilà. Notre fils Benoît a disparu depuis trois jours. On a retrouvé sa voiture dans la montagne de Lure, rien d'autre.

— Une équipe de gendarmes et un chien ont patrouillé dans les environs, poursuit Montès. Un hélicoptère a sillonné la région, rien.

— On voudrait savoir s'il est toujours là, déclare Anne-Sophie. Il pourrait être blessé, tombé quelque part où personne n'aurait l'idée d'aller le chercher. Le chien a perdu sa trace, il faut dire que les orages ont lessivé les collines.

— Bon, fait l'homme d'un air grave en saisissant un pendule à chaînette dorée et une carte de la région. Ces plans sont très utiles, mais il me faudrait aussi un objet ayant appartenu à votre fils.

— Je n'ai rien sur moi, répond Anne-Sophie, déçue. À part sa photo.

— Ça ira.

Voir le vieillard tenir son pendule au-dessus de la photo de Benoît d'un air très sérieux amuse beaucoup Bernard. Comment croire qu'il peut trouver quelque chose ? Le radiesthésiste promène ensuite son pendule au-dessus de la carte. Il ferme les yeux, se concentre.

— Votre fils est toujours dans la montagne, annonce-t-il enfin. Il n'est ni blessé ni malade. En revanche, quelque chose ou quelqu'un le retient là-haut, mais pas sous la contrainte… Je ne peux pas vous en dire plus, ajoute-t-il en voyant sourire Montès. Mais c'est ainsi, je vous l'assure !

Bernard n'est pas convaincu.

Tandis qu'elle monte l'escalier du lycée en direction de la salle des professeurs, Anne-Sophie, quoique rassurée, se demande ce qui peut bien retenir son fils dans la montagne de Lure, si loin de tout. Son esprit fantasque imagine aussitôt une fugue amoureuse avec une belle inconnue...

Montès, lui, entre en coup de vent dans le commissariat central. Le policier de garde remarque son visage contracté. Ici, tout le monde connaît le divisionnaire et ses colères monumentales. Le planton reste donc à distance.

— Desfond ? lui demande Montès sur un ton qui n'admet pas de réplique.

— Il doit être dans son bureau. Je vais vous annoncer.

— Pas la peine.

Montès gravit des marches, suit un couloir, pousse une porte et entre. Surpris, Desfond sursaute quand le divisionnaire claque la porte derrière lui.

— Il est temps qu'on s'explique, tous les deux ! hurle-t-il. Vous arrêtez ma fille, qui n'a rien fait, le jour où elle doit partir à la recherche de son frère ? Qu'est-ce que vous voulez, au juste ?

— Calmez-vous, monsieur Montès. Je n'ai fait que mon devoir.

— Je m'en fous de votre devoir, vous entendez ? Je suis venu chercher ma fille pour qu'elle participe aux recherches, comme il se doit. Je vous la ramènerai ensuite s'il le faut.

Bernard Montès se tient debout face au chef de la brigade antiterroriste qui regarde le dossier ouvert devant lui. Il est clair que le divisionnaire ne cédera pas. Il n'est pas du genre à transiger, tout le monde le sait ici.

— Votre fille n'a pas été arrêtée, objecte Desfond. Elle doit seulement nous livrer des informations sur des gens que nous soupçonnons d'activités illégales.

— Faites-la venir tout de suite, l'hélico attend ! lui ordonne Montès, tandis que le chef de la brigade antiterroriste s'exécute sans demander son reste.

Lorsque, quelques minutes plus tard, Macha entre dans la pièce, son père ne décolère pas.

— Ce Desfond, s'insurge-t-il, je crois que je vais lui faire sa fête dans un coin et sans témoin !

— Ce ne sont pas des manières très légales pour un flic !

— Peut-être, mais ça me fera le plus grand bien, et il a besoin d'une leçon.

La jeune femme sourit. Son père est bien un Montès : un de ces hommes pour qui les affaires d'honneur se règlent à l'extérieur des tribunaux et des commissariats. Il lui rappelle Georges qui régnait sur le domaine de Porquerolles : petit, tout en nerfs, un grand chapeau cachait toujours son visage, et rares étaient ceux qui osaient lui tenir tête.

— Quoi qu'il en soit, ma fille, tu n'as pas le droit de dissimuler des informations ayant la plus haute importance pour la lutte contre le terrorisme. Le secret professionnel, c'est bon dans les salons, pas dans la réalité du grand banditisme.

— Vaste débat. Il n'est pas près d'être clos.

— Bon. La priorité des priorités, c'est de retrouver ton frère. Figure-toi que ta mère m'a emmené chez cet escroc de Girelle. Il nous a assuré que Benoît allait très bien, qu'il était retenu dans la montagne par quelque chose ou quelqu'un, mais que ce n'était pas contre son gré.

À cet instant, Macha a comme une illumination, une intuition qui vient confirmer ce qu'elle avait déjà plus ou moins senti : son frère n'est pas en danger. Peut-être est-il amoureux ?

À l'héliport, deux policiers les attendent. Cette dernière tentative a été commanditée par Montès, mais personne n'y croit : la montagne est trop vaste, trop tourmentée pour qu'on puisse y retrouver une personne égarée, sauf si elle se montre.

— On y va ! dit l'un des deux hommes.

L'appareil décolle, et malgré elle, l'imagination de Macha s'enflamme, mettant en scène les images fugitives d'une silhouette gracieuse marchant sur la rocaille auprès de son frère. Il faut dire que Macha a toujours eu le sentiment que Benoît n'était pas vraiment amoureux de Murielle, que cette jeune femme n'était pour lui qu'une première aventure et qu'il s'en détacherait bien vite. Mais pourquoi lui aurait-il caché, à elle, sa jumelle, l'existence d'un autre amour ? Pour ne pas lui faire de peine ? De toute façon, Macha sait bien qu'une femme finira par les séparer, elle doit l'accepter.

L'hélicoptère prend la direction du nord, porté par un léger vent marin. Ils laissent sur leur droite Aix-en-Provence, puis les montagnes du Luberon. À Saint-Étienne-les-Orgues, ils suivent le tracé de la route jusqu'à l'endroit où Benoît a fait son embardée. Macha remarque les traces encore visibles du véhicule sur le côté. Elle demande alors au pilote de décrire des cercles autour de ce point, tout en volant le plus bas possible, opération risquée à cause du relief tourmenté. Au bout d'un quart d'heure, elle change de tactique. L'appareil prend de l'altitude et, faisant confiance à sa bonne vue, Macha scrute la montagne à la recherche d'un détail qui pourrait guider son intuition.

— Là-bas ! s'écrie-t-elle soudain en pointant quelque chose du doigt.

Les deux policiers voient à leur tour deux points sombres qui semblent se déplacer. Macha ajuste ses jumelles pendant que l'hélicoptère amorce une descente vertigineuse. Fausse alerte : les deux points noirs sont deux sangliers affolés par le bruit du moteur et le sifflement des pales.

Les recherches se poursuivent jusqu'à une heure avancée de l'après-midi, puis le pilote décide de rentrer car il va manquer de carburant. Macha doit se rendre à l'évidence : ces recherches ne donneront rien, tout simplement parce que Benoît, s'il est en bonne santé, ne veut pas se montrer. Il est peut-être au fond d'une grotte en train de filer le parfait amour avec une belle inconnue. À cette pensée, elle lui en veut de ce qu'elle ressent comme une sorte d'infidélité, et même de trahison. Pourquoi ne lui a-t-il rien dit ?

De retour à Marseille, elle décide de faire un tour à l'appartement de Benoît dont elle a la clef dans son sac à main. La serrure a été forcée. À l'intérieur, les tiroirs sont ouverts, le linge est éparpillé partout, les livres sont jetés par terre. Qu'est-ce que cela signifie ? Macha s'assoit dans le fauteuil, en face de la télévision. Elle pense d'abord à avertir son père, puis renonce pour appeler Murielle.

— Je suis chez Benoît. Son appartement a été cambriolé. Tu n'as rien remarqué ?

— Non. Je n'ai rien vu. J'ai tellement de soucis avec Léa !

— Ah bon ?

— Elle fait colère sur colère. La juge m'encourage à porter plainte contre Jérémy, qui menace de m'envoyer les flics si je ne ramène pas Léa à Vautrèges au plus vite.

Macha lui souhaite bon courage. Murielle est de plus en plus préoccupée par ses propres ennuis. Lorsqu'elle regagne son appartement, à deux rues de celui de son frère, le même spectacle l'attend : la porte, là, a été forcée au pied-de-biche, toutes ses affaires sont éparpillées par terre. Son téléphone à la main, elle hésite encore à appeler son père. Ayant cherché quelque chose chez Benoît et ne l'ayant pas trouvé, ils sont venus chez elle. Macha a bien une idée de ce dont il peut s'agir et de qui, mais c'est tellement gros, tellement incroyable qu'elle n'ose le formuler.

Un sourire écarte ses lèvres pâles. Ses yeux se plissent. Et si la fuite de Benoît était liée à ces deux cambriolages ?

S'il avait décidé de mettre à l'abri ce qu'on voulait lui dérober ?

Cette idée en tête, elle repense aux propos de la tante Agnès, qui se méfiait de son frère. « Bernard ne recule devant rien ! » disait-elle souvent. Mais elle n'allait jamais plus loin dans la confidence, comme si tout tenait dans cette phrase.

Macha appelle sa mère pour lui dire qu'elle a envie de la voir. Anne-Sophie pousse un soupir de soulagement : sa fille est enfin libre ! L'intervention de son ex-mari lui fait chaud au cœur et confirme qu'il reste encore entre eux une solidarité plus forte que la jalousie de Virginie. Macha passera la voir dès qu'elle sera prête.

Passant dans la salle de bains, la jeune femme cherche de quoi se maquiller dans le fouillis laissé par les cambrioleurs. Ayant rassemblé les pots de crème, les tubes de fond de teint, elle s'applique à cacher sa mauvaise mine sous une épaisse couche de poudre, puis coiffe ses cheveux noirs avant de prendre l'ascenseur jusqu'au parking souterrain. Sa voiture elle aussi a été visitée. La boîte à gants a été vidée ; les papiers, les factures du garage, le carnet d'entretien du véhicule, le parapluie pliant sont épars sur le siège du passager. Macha remet un peu d'ordre et démarre.

Ayant longé la plage du Prado, elle arrive sur le boulevard de la Corderie où elle cherche à se garer.

Sa mère habite un immeuble ancien cossu, près du jardin Puget. Elle a acheté son appartement au lendemain de son divorce ; les jumeaux y ont grandi. Sur le lieu de son enfance, Macha a toujours l'impression que rien de mauvais ne peut lui arriver. Selon une vieille habitude datant de ses années d'école, elle ne prend jamais l'ascenseur, si étroit qu'on y tient difficilement à deux. Elle emprunte l'escalier et frappe à la porte. Anne-Sophie l'embrasse avec effusion, comme si sa fille venait d'échapper à un grand danger. La lecture des auteurs antiques lui a laissé le goût du tragique.

— Enfin, te voilà libre. J'espère qu'on va te laisser tranquille, désormais. Ton père avait l'air très en colère contre cet abruti de Desfond.

— Si nous allions faire un tour dehors ? propose Macha. J'ai besoin de me dégourdir les jambes.

— Si tu veux, ma chérie.

À l'extérieur, Anne-Sophie prend le bras de sa fille et elles marchent dans la rue en pente en direction du front de mer. Le mistral est plus fort. Des oiseaux se laissent porter par le vent et semblent surveiller les passants sur la jetée.

— Je me fais beaucoup de souci pour ton frère, Macha. Ton père t'a raconté qu'on est allés voir M. Girelle ? Selon le radiesthésiste, Benoît va bien. Mais qu'est-ce qui peut le retenir dans ce désert de Lure où il fait froid même au mois d'août ?

— Aucune idée. Je me demande si Benoît ne nous a pas caché un pan de sa vie.

— Qu'est-ce que tu entends par là ?

— Je n'en sais rien. Mais s'il va bien, pourquoi il ne prend pas la peine de nous rassurer ? Son portable n'a plus de batterie ? Il pourrait rejoindre une route, un village...

Anne-Sophie invite sa fille à s'asseoir à la terrasse d'un café.

— Tu sais, poursuit Macha en prenant place sur une chaise, l'appartement de Benoît et le mien ont été cambriolés... Et je ne crois pas à un hasard...

— Non, effectivement.

Elles pensent toutes les deux à Virginie : cupide, prête à tout pour l'intérêt de son rejeton.

— Ton père n'a aucune lucidité. Lui qui sait pourtant si bien maîtriser sa vie professionnelle, il perd toute clairvoyance lorsqu'il est confronté à Virginie. Et il ne voit pas Arnaud tel qu'il est.

— Tu as raison. Ce grand gamin a été trop gâté. Et sa mère a encouragé ses mauvais penchants.

— Elle lui a consciencieusement inculqué ce sentiment d'injustice qui ne le lâche plus. Ton père laisse faire, ce qui m'étonne. Il a toujours pensé que Porquerolles lui avait échappé à la suite d'une manigance de son propre père, il en a voulu à sa sœur, mais c'est un homme foncièrement honnête. L'air est frais, remarque Anne-Sophie en frissonnant. Si nous rentrions ?

Elle prend de nouveau le bras de sa fille, et elles s'éloignent toutes deux en silence.

— Je suis persuadée qu'Arnaud est le cambrioleur, déclare Macha en pesant ses mots. Et qu'il cherche la carte permettant d'ouvrir le coffre d'Agnès.

Elle sent le bras de sa mère se contracter et voit son visage se plisser en une petite grimace. Anne-Sophie ne peut s'empêcher d'éprouver un pincement au cœur à mesure que lui revient le souvenir de ses premières années de mariage, du grand bonheur de vivre avec l'homme qu'elle aimait, auprès de qui rien ne pouvait lui arriver. Avant sa décision brutale qui a tout balayé... Comme elle la regrette, dans les moments de solitude !

— Tu as raison, finit-elle par approuver. Mais quand même, est-ce que la propriété de Porquerolles vaut qu'on se déchire comme ça ? Benoît et toi avez une bonne situation, vous n'en avez pas besoin !

— Si, tranche vivement Macha. Benoît et moi ne céderons jamais devant une Virginie qui nous hait, qui te hait, et qui mène par le bout du nez l'homme le plus inflexible que je connaisse. Si hériter de Porquerolles au nez et à la barbe de son fils peut l'atteindre, tant mieux. Je veux qu'elle en bave, cette garce.

— Voyons, Macha, pourquoi tu t'emportes ? Chercher à nuire à Virginie ne pourra que te nuire à toi-même. Et tu sais que ça ne changera rien à rien.

— Si. Ça permettra à papa d'ouvrir les yeux. Reprenons l'histoire depuis le début. Agnès devait épouser Jean Barthes qui, je crois, était représentant de commerce. Il s'est tué en voiture vers Collobrières, c'est bien ça ?

— C'est une vieille histoire, réplique vivement Anne-Sophie qui semble ne pas avoir envie d'évoquer cette époque. Ta tante a assez répété que son père était à l'origine de cet accident. Georges avait des relations avec des gens douteux. Du coup, tu comprends pourquoi, avec ton père dans la police, ça faisait un peu des étincelles...

— Mais il n'y a pas eu d'enquête au sujet de l'accident ?

— L'épave de la voiture a été démontée, et les policiers n'ont rien trouvé de particulier. Il y a eu des contre-expertises réclamées par la famille de Jean, et qui n'ont rien donné. Ton père a toujours refusé de se mêler de cette histoire.

— Après Jean, il n'y a pas eu d'autre homme dans la vie de tante Agnès ?

— Non. Elle n'a jamais réussi à oublier son voyageur de commerce. Tu l'as connue, tu sais combien elle était fantasque et bizarre. Je l'aimais beaucoup, mais je n'approuvais pas toujours sa vie débridée. Elle a eu des amis, des amants de passage, mais rien de plus.

Macha n'a pas oublié la vie tumultueuse de sa tante.

— Et puis, quand elle a eu quarante ans, ajoute la jeune femme, Agnès a voulu se ranger, mais il était trop tard ! Un des drames de son existence a été de ne pas avoir d'enfant.

— C'est exact, approuve Anne-Sophie.

Elles marchent en silence, accaparées l'une et l'autre par leurs souvenirs. Anne-Sophie soupire. Qu'a été sa vie à elle, sinon un continuel renoncement ? Elle aussi est la femme d'un seul homme. Que Macha nuise à Virginie ne lui déplairait pas, si elle ne redoutait que Bernard Montès l'en empêche.

— Ta tante se méfiait elle aussi de la seconde femme de ton père. C'est pour ça qu'elle a imaginé cette histoire de testament déposé sous pli scellé dans un coffre de la BNP.

— Bon. Il faut que j'aille ranger mon appartement, déclare Macha après avoir raccompagné sa mère.

Sur la route, elle a téléphoné à Murielle. Elles doivent se retrouver à la terrasse d'un bar voisin du cabinet dentaire. Plusieurs patients ayant annulé leur rendez-vous, la dentiste dispose d'un peu de temps.

— Tu as des nouvelles de Benoît ? demande Macha à Murielle qui allume une cigarette.

La compagne de l'avocat secoue la tête tout en suivant d'un regard distrait les volutes de fumée.

— Tu n'as rien remarqué dans son comportement qui pourrait nous aider à le retrouver ? insiste Macha.

— Mais non ! Tout allait bien entre nous !

La journaliste ne saurait dire pourquoi, mais le ton de Murielle sonne faux.

En effet, la dentiste passe son temps à se demander si Benoît n'est pas pour elle juste une manière de se prouver qu'elle a eu raison, que son divorce ne l'empêchera pas de vivre pleinement avec un autre homme.

— Tu sais, il ne faut pas te sentir coupable pour Léa, déclare Macha afin de rompre le silence de Murielle qui semble perdue dans ses préoccupations. Tu étouffais avec Jérémy, tu t'es évadée de prison, c'est tout. Léa n'aurait pas été plus heureuse entre des parents qui ne s'entendaient pas !

Murielle écrase sa cigarette d'un geste lent et appliqué.

— Jérémy ne cesse de me répéter que Léa a besoin de nous deux. Mais ce n'est pas possible, je préférerais mourir !

— Qu'est-ce que tu vas faire ?

— Je refuse de lui laisser Léa avant de savoir ce qui s'est passé.

— Mais il ne s'est peut-être rien passé ! Les colères de ta fille ne sont peut-être qu'une manière de montrer qu'elle est malheureuse !

— Dans ce cas, fait Murielle en allumant une autre cigarette, c'est moi qui suis responsable de son malheur. La meilleure chose que j'aie à faire, c'est de quitter Marseille, de partir très loin avec elle, là où personne ne pourra me la prendre, et surtout pas son père.

— Murielle, qu'est-ce que tu racontes ? Agir ainsi serait complètement illégal. Attends plutôt que Benoît soit de retour. Il pourra t'aider.

Murielle secoue négativement la tête. Personne ne peut l'aider. Elle en a pris conscience en voyant sa fille se rouler par terre et se griffer le visage.

— Il faut que vous alliez voir un psy, il y a toujours une solution.

Murielle inspire, comme si elle allait dire quelque chose, puis concentre son regard sur la fumée de sa cigarette posée dans le cendrier.

— N'en parlons plus. Et toi ? demande-t-elle, comme pour chasser des pensées qui l'oppressent.

— Mon affaire va se régler. Mais ces cambriolages de mon appartement et de celui de Benoît me tracassent.

— C'est incroyable que je n'aie rien remarqué, s'étonne Murielle. Je passe devant sa porte dix fois par jour, mais en ce moment je ne vois que ma détresse ! Tu vas porter plainte ?

— Non. Je connais le coupable. Il agit sous l'influence de sa mère. Et c'est elle que je veux atteindre. Il doit y avoir un moyen, Arnaud n'est pas un garçon sérieux, il boit beaucoup et il fait la fête, mais ce n'est pas suffisant pour blesser Virginie.

— Je ne sais pas, moi, reprend la dentiste, s'il boit beaucoup, il a dû se faire arrêter pour conduite en état d'ivresse, non ?

— J'ai peut-être une piste, un truc atroce. Mais il faudrait un gros coup de chance. En 2009, dans le village de Roquefort, à la sortie de l'école, une fillette a traversé sur le passage piéton. Une voiture, une 207 rouge lancée à vive allure, l'a renversée et a pris la fuite.

À l'époque, déjà, Macha avait soupçonné Arnaud car tout correspondait : la voiture, et la description du chauffard. Le lendemain – comme par hasard –, Arnaud déclarait le vol de son véhicule, retrouvé deux jours plus tard brûlé. Macha en avait parlé à son père qui avait été fort embarrassé pour lui répondre. Il avait fini par lui avouer qu'il avait été lui-même troublé par la coïncidence et que, pour en avoir le cœur net, il avait questionné son fils. Arnaud avait un alibi que personne n'avait vérifié dans le détail : il assurait avoir passé les trois journées précédant le vol de sa voiture dans sa chambre, à bachoter son examen de droit. Virginie avait confirmé.

Comme nul n'avait eu le réflexe de relever le numéro d'immatriculation du chauffard, l'affaire n'avait pu être élucidée. La presse s'était indignée des errements de la police qui ne cessait de clamer sa bonne volonté.

— Oui, il faudrait un gros coup de chance, poursuit Macha. Mais ça vaut la peine de chercher.

Benoît se réveille en sursaut. Enroulée comme un chat, Azza dort toujours de l'autre côté du feu éteint. Il soupire. Il lui faut un long moment pour faire la part de la réalité et de l'imaginaire plein des désirs inavoués de ses rêves. Il y a quelques secondes encore, il serrait Azza contre lui, et elle se défendait, tentant de le griffer et promettant de lui faire casser la figure par Tanguy. « Franchement, qu'est-ce que je vais chercher ? C'est une gamine ! J'ai fait ce rêve parce que Murielle me manque, se dit-il pour se rassurer. Azza, en fait, dans mon rêve, c'était Murielle », conclut-il pour avoir l'esprit tranquille.

Azza se réveille à son tour, se déplie, se redresse. Elle s'étire, pousse un petit gémissement et ouvre les yeux, puis contracte les épaules.

— Ça caille ! Il faut rallumer le feu.

Benoît sort sans un mot. Le jour se lève, gris et triste. Un épais brouillard couvre les collines, occulte la forêt et les rochers. Il fait quelques pas en grelottant, puis décide de ramasser du bois pour le feu. C'est le dernier matin qu'il se livre à cet exercice. Ce soir, il sera loin d'ici.

— Une véritable purée de pois, dit-il en rentrant et en posant son fagot près du feu que la jeune fille a réactivé.

— Normal, c'est un temps de saison, répond Azza avant

de quitter la grotte pour aller au torrent remplir sa casserole, dont le prix est toujours collé sur la poignée.

De retour, elle dispose la gamelle sur les pierres, dans les flammes. Lorsque l'eau commence à frémir, elle y vide du café soluble.

— Ce n'est pas aussi bon que du vrai, mais c'est mieux que rien, dit-elle. On n'a pas de tasses, on va donc devoir boire l'un après l'autre à la casserole.

— Je n'ai pas envie de café, merci. J'ai encore l'estomac à l'envers !

— La vérité, s'indigne Azza, c'est que tu ne veux pas boire après moi. C'est ça, hein ? Je te dégoûte ?

— Mais qu'est-ce que tu vas t'imaginer ?

— Allez, ça va, j'ai compris.

Pour mettre un terme à cette discussion houleuse, Benoît prend la casserole, y porte les lèvres, puis recule vivement. Azza éclate de rire.

— Tu vois ! Tu ne veux pas poser trop longtemps ta bouche là où j'ai posé la mienne…

— Ne dis pas n'importe quoi, je me suis brûlé !

— Bien fait pour toi ! Bon. Maintenant, il faut que j'aille à mon rendez-vous. Viens avec moi, tu seras sur la route. Je te prêterai mon téléphone pour que tu appelles quelqu'un. Bien sûr, je ne peux pas demander à Tanguy de t'emmener. Il ferait une drôle de tête s'il apprenait que j'ai passé quatre jours seule avec un homme.

— Tiens ? Tu vas déjà lui cacher quelque chose ? Quand on s'aime, on se fait confiance, on peut donc tout se dire, non ?

— Peut-être, répond Azza, embarrassée, mais je lui en parlerai plus tard. De toute façon, ça n'a pas d'importance puisqu'il ne s'est rien passé entre toi et moi.

— Qu'est-ce qui aurait pu se passer ?

La Rebelle des sentiers de Lure

Azza fait une grimace, hausse les épaules et se dirige vers la sortie.

— On y va. Il faut plus d'une heure de marche, dit-elle. N'oublie pas Baptiste, ça lui fera une sortie d'aller jusqu'à Marseille !

— Si tu veux, tu peux le garder pour te tenir compagnie. Je te le laisse.

— Non. Il me plaît bien, mais emporte-le, toi. Je me débrouillerai mieux seule. Lui, il m'obligerait à penser à toi.

— Alors je vais le laisser ici ! Et puis qu'est-ce qu'il irait faire à Marseille, ce pauvre meunier ? Tu imagines le choc, pour lui ?

— Dans ce cas, pourquoi l'avoir arraché aux ruines de son moulin ? C'était son tombeau, sa dernière demeure...

Azza n'a pas tort. Sans rien ajouter, Benoît enfouit le cadre dans son sac et ils partent, entamant une côte sans un mot. D'ordinaire, la jeune fille le précède toujours. Là, elle reste à côté de lui.

— J'ai mal aux jambes, dit-elle pour se justifier. J'ai dormi dans une mauvaise position.

Benoît a lui aussi les jambes lourdes de fatigue. Il lui tarde d'atteindre la route, de s'asseoir en attendant l'arrivée de sa sœur qu'il va appeler.

— Mais tu pues toujours autant ! s'indigne Azza en le reniflant. Je croyais que tu t'étais lavé hier au torrent !

— L'eau était vraiment trop froide...

— Ce n'est pas une raison, quand même ! Tu imagines la tête de ta copine quand elle va te sentir arriver ?

Après une sorte de pâturage couvert d'ajoncs, ils s'engagent sur un sentier de randonnée. À mesure qu'ils se rapprochent de l'oratoire Saint-Joseph, Azza marche moins vite, comme si elle n'était pas pressée de retrouver Tanguy.

Enfin, la route se dessine devant eux en contrebas, avec ses lacets ; ils arrivent.

— Eh bien, c'est là que nos routes se séparent, dit la jeune fille en se tournant vers Benoît et en le regardant de si près qu'il sent son haleine lui effleurer le visage.

Dans ses grands yeux, il croit deviner un voile de tristesse.

— Allez, appelle ta sœur, qu'on en finisse, ajoute-t-elle en lui tendant son téléphone.

Benoît hésite longuement, l'appareil en main. Azza ne le quitte pas des yeux, et ce regard plongé dans le sien trouble ses pensées au point qu'il ne sait plus que faire.

— Dépêche-toi, Tanguy est arrivé, et il n'aime pas attendre.

— Comment tu sais qu'il est là ?

— J'ai vu sa voiture sur la route, tout à l'heure. Il est arrêté au-dessous de l'église, sur une place où personne ne peut le voir. C'est là qu'on se retrouvait l'été dernier.

Benoît doit s'y reprendre à plusieurs fois pour composer le numéro de Macha qui, lorsqu'elle décroche et l'entend, pousse un grand cri de joie.

— Benoît, enfin ! Comme je suis heureuse ! Où es-tu ?

— Dans la montagne de Lure, près de l'oratoire Saint-Joseph. Tu peux venir me chercher ?

— J'arrive.

Azza arrache le téléphone des mains de Benoît et l'enfouit dans sa poche. Son visage s'est contracté, elle grimace, comme un chat qui s'apprête à griffer.

— Mais qu'est-ce que tu es con ! s'emporte-t-elle.

— Fais vite, Tanguy va s'impatienter. Tu m'as dit qu'il n'aimait pas attendre.

— Mais qu'est-ce que tu es con ! répète-t-elle. J'ai envie de te baffer !

Elle s'éloigne d'un pas nerveux.

Macha contacte sa mère pour lui dire que Benoît vient de l'appeler et qu'elle va le ramener. Elle joint ensuite son père qui lui propose de l'accompagner, mais elle refuse, préférant être seule avec son frère pour qu'il puisse lui parler librement des raisons de son absence. Elle pense ensuite à avertir Murielle, puis renonce. Benoît lui fera la surprise ce soir. Tout va bien. Elle était en train de chercher sur Internet tous les articles concernant l'affaire de Roquefort. Dans la salle de bains, elle s'habille rapidement puis s'engouffre dans sa voiture pour traverser Marseille et prendre l'autoroute en direction d'Aix. L'impatience lui fait commettre de nombreuses imprudences et des entorses aux limitations de vitesse. Constamment sur la file de gauche, elle roule très vite, ne ralentissant qu'à l'approche des radars fixes que lui signale son GPS. Benoît l'attend ; c'est la seule chose qui compte. Une question hante cependant son esprit : de quel portable appelait-il ? Le numéro était inconnu.

Elle quitte l'autoroute à La Brillanne et prend la nationale jusqu'à Forcalquier, puis la route en direction de Saint-Étienne-les-Orgues, étroite, avec de nombreux virages dangereux qui l'obligent à ralentir. Elle traverse le village et s'engage dans la départementale en direction du jas de la Berle et de l'oratoire Saint-Joseph. Elle se sent aussi excitée que si elle allait à un rendez-vous amoureux. C'est une partie d'elle-même qu'elle va retrouver. Pourtant, à mesure qu'elle approche, l'angoisse lui mord l'estomac. Ce numéro de téléphone l'intrigue. Elle a l'intuition que quelque chose a changé dans la vie de son frère, quelque chose qui va l'éloigner d'elle.

Benoît demeure un long moment indécis. Il a le temps : Macha ne sera pas là avant deux bonnes heures. Il se dirige vers le sentier qu'Azza a emprunté et s'étonne de la trouver un peu plus loin, assise sur un antique pont de pierres. Qu'attend-elle, puisque Tanguy est arrivé ? Benoît a tout juste le temps de se cacher derrière un rocher afin de ne pas être vu par le jeune homme qui se dirige vers lui. C'est un magnifique garçon d'une vingtaine d'années, grand et costaud. Azza se jette dans ses bras. Benoît lui trouve des airs de coureur de jupon, et en même temps, il se sent ridicule, moche, mal bâti et incapable de plaire. Il a toujours eu ce sentiment d'infériorité qui, pendant très longtemps, l'a empêché d'aborder les filles. Si Murielle n'avait pas été sa voisine, aurait-il eu l'audace de lui faire la cour ? Benoît est timide ; c'est son manque d'assurance même qui l'a poussé vers le barreau, comme Macha est devenue journaliste : à l'abri de leur fonction, les jumeaux ne craignent plus personne.

Le couple s'enfonce dans le taillis, et Benoît ressent soudain la morsure du froid. Des démangeaisons l'agacent. La crasse ronge sa peau, il rêve d'une bonne douche bien chaude. Comment a-t-il pu supporter Azza quatre longues journées ? Il a hâte de quitter cet endroit inhospitalier et de retrouver sa vie, ses certitudes, ses amours autorisées.

Le temps ne passe pas. Que font Azza et Tanguy dans les taillis ? L'amour ? Une grimace déforme le visage de Benoît. Il éprouve tout à coup un grand besoin de mouvement, comme pour fuir quelque chose de dérangeant. Il dévale la pente sans précaution. Le vent s'est levé et chasse la brume, découvrant une montagne figée. Il ne doit pas trop s'éloigner de la route, car il redoute de ne pas la retrouver. Essoufflé, il s'arrête, écoute un moment le silence. Aucun bruit de moteur, la montagne immobile l'entoure et semble se resserrer autour de lui, prête à l'emprisonner, le broyer. Il sort Baptiste de son sac et l'observe.

— Tu t'en fous, toi ! Tu ris à la vie, à la petite bergère que tu vas retrouver après ta séance chez le photographe, hein ? C'est bien ça, dis ? Mais moi, je sais ce qui t'attend, pauvre vieux, si tu te doutais...

Et lui, Benoît, peut-il se douter de ce qui l'attend ? Il a beau se dire que sa vie est toute tracée, droite comme un fil tendu, cela ne suffit pas à le rassurer, comme si le fil venait de se briser et que l'inconnu se profilait devant lui, menaçant.

— Sans blague, je ne vais pas partir à la guerre, moi ! Alors qu'est-ce qui peut m'arriver ? Me faire virer du cabinet Pawels ? J'ai l'intention de m'installer à mon compte, ça n'a donc aucune importance !

Murielle ? Ils s'entendront toujours, même si Benoît a du mal à accepter sa vie d'avant, son mariage et surtout la présence de la petite Léa. Il s'en veut de rejeter la fillette, mais elle ressemble à son père et lui rappelle que Murielle a crié d'amour dans les bras d'un autre homme. Et quel homme ! Le Dr Jérémy Jacquin, cancérologue réputé dont les travaux sont connus et appréciés jusqu'en Amérique. À côté de ce savant, Benoît se sent minuscule, inintéressant, un avocaillon défenseur de voleurs de poules.

L'envie de jeter Baptiste contre un rocher, de briser la vitre qui le protège, de déchirer le beau papier mat et son sourire lui fait lever le cadre au-dessus de sa tête, mais il se retient : ce pauvre bougre n'est pour rien dans son désarroi. Alors, Benoît reprend sa marche, suivant un sentier de chevreuils au hasard dans la montagne, sans penser qu'il s'éloigne à nouveau de la route, perdu dans ses pensées. En fait, il s'éloigne surtout de ce couple enlacé près de l'oratoire Saint-Joseph. Il marche de plus en plus vite, la douleur de ses jambes en cache une autre, insupportable celle-là, un déchirement au creux du ventre. La rage au cœur, il franchit une première colline, puis une autre.

— Je m'en fous ! hurle-t-il à l'intention de Baptiste. Ce n'est pas parce qu'une nana arrive dans ce désert que je vais en faire un fromage ! Non. J'ai Murielle dans le cœur, et personne d'autre !

Il reprend sa marche forcenée, traverse une zone humide où il patauge dans la boue entre les joncs. La tête vide, il gravit une nouvelle côte, s'enfonce dans une forêt de mélèzes, s'arrête dans une clairière comme s'il se trouvait au pied d'un mur, et regarde la cime des arbres. Un geai pousse son cri et s'envole devant lui.

— Nom de Dieu !

Un regard à sa montre lui indique que Macha ne va pas tarder. Il revient sur ses pas, quitte la forêt, mais ne sait plus s'il n'a pas obliqué sur la droite. Quoi qu'il en soit, la route doit se trouver quelque part devant lui. Il presse le pas, redoutant de s'être perdu.

Tanguy n'en peut plus. Il a pris un congé sans solde pour venir voir Azza, il se faisait une fête de leurs retrouvailles. Ils devaient mettre au point leur départ de la région dès que la jeune fille aurait dix-huit ans. Mais Azza ne répond pas à ses baisers avec sa fougue habituelle. Il a l'impression qu'elle le repousse et qu'elle s'ennuie auprès de lui. Or le jeune homme ne sait pas dissimuler ses pensées. Honnête, droit, il n'aime pas les situations ambiguës.

— Mais qu'est-ce qui ne va pas ? s'emporte-t-il. Je te sens pleine de retenue, comme si ma présence ne te faisait pas plaisir !

— Qu'est-ce que tu vas chercher ? Tout va bien, je suis fatiguée, tu comprends ? Ces quatre nuits dans le froid m'ont éreintée, et ces quatre journées de marche aussi.

— Tu veux que je trouve une cachette à Aix ? Que je passe voir Marine ? On s'arrangera. Il reste moins de trois semaines, ce n'est pas la mer à boire !

— Non, ce n'est pas la peine. Je préfère rester ici.

— Je peux venir te voir très souvent, tous les jours si tu veux.

— Ne dis pas de bêtises, tu sais que ton travail ne t'en laissera pas le temps. Mais c'est très bien ainsi. Il suffit de s'armer de patience et d'attendre.

Le téléphone de la jeune fille sonne. Elle ne connaît pas le numéro, mais il lui semble que c'est celui que Benoît a composé, donc celui de sa sœur.

— C'est qui ? demande Tanguy sur un ton soupçonneux.

— Je ne sais pas. Un numéro inconnu, je vais l'arrêter. La batterie est très faible ; il faut que je fasse attention à ne pas la vider.

Le jeune homme n'insiste pas, mais il a de plus en plus l'intuition qu'Azza lui cache quelque chose.

Ils se trouvent au-dessous de l'oratoire Saint-Joseph, d'où ils voient la route et la voiture de Macha qui monte vers eux et s'arrête à la hauteur de l'église.

— Ça m'étonnerait que ce soient des amateurs de champignons…, fait remarquer Tanguy.

Il se ravise.

— Et si c'était ton père ou tes oncles qui te cherchent toujours ?

— Mais non, ils n'ont pas une voiture comme ça.

— Ça me gonfle, toute cette histoire.

Une jeune femme sort de la voiture et fait les cent pas devant l'église.

— Qu'est-ce qu'elle cherche, celle-là ? s'impatiente Tanguy.

— Comment tu veux que je le sache ?

Le ton de la jeune fille n'est pas franc. Tanguy se place devant elle et l'oblige à le regarder.

— Dis-moi la vérité. Tu me caches quelque chose !

— Je t'assure que non !

Sur la route, Macha fait les cent pas puis, les mains en porte-voix, crie :

— Benoît ? Où es-tu ?

— C'est qui ce Benoît ? demande Tanguy.

— Je n'en sais rien ! répond Azza sur un ton agacé.

— Si, tu sais, mais tu ne veux rien me dire !

— Et puis tu me casses les pieds ! s'emporte la jeune fille en repoussant Tanguy avant de s'éloigner à toutes jambes.

Il tente de la rattraper mais, agile, Azza connaît bien l'endroit et disparaît entre les taillis et les rochers. Tanguy court au hasard, s'arrête, écoute la rumeur de la montagne. Il sillonne les pentes et les côtes pendant une longue heure puis s'assoit, désemparé, espérant qu'Azza le rejoindra. Ce n'est pas leur première dispute, ils finissent toujours par se réconcilier. Il compose lentement son numéro, mais tombe sur le répondeur qui l'invite d'une voix anonyme à laisser un message. Le soleil passe au zénith. Dans un sursaut d'orgueil et de colère, Tanguy retourne vers la route.

Devant l'église, l'autre voiture est partie. Il aurait aimé demander des explications à la jeune femme qui appelait Benoît. Le mistral fait chanter les cyprès. Tanguy monte dans son véhicule, manœuvre et part lentement en direction de Saint-Étienne-les-Orgues, son téléphone désespérément muet posé sur le siège passager. Il a envie de pleurer.

Le soleil s'est de nouveau caché derrière un épais couvercle de brume posé sur la cime des arbres. Benoît n'en peut plus : voilà plusieurs heures qu'il tourne en rond, explore les vallons à la recherche de cette maudite route et de l'église. Si son téléphone fonctionnait, il pourrait se retrouver grâce à son GPS, mais seul, sans aide parmi toutes ces collines qui se ressemblent, il lui est impossible de s'orienter. Les jambes lourdes, il finit par s'asseoir sous un chêne vert. « Je suis trop con, pense-t-il. Qu'est-ce qui m'a pris de courir comme un dératé ? Franchement, Macha m'attend et moi je suis perdu ! Vraiment, je débloque ! » Il met ses mains en porte-voix et appelle sa sœur. Espérant une réponse, il tend l'oreille. Rien. Il reprend sa marche.

— Mais qu'est-ce que tu fous ? Où tu vas ?

Il se tourne vivement. Azza, qu'il n'a pas entendue arriver, le dévisage avec curiosité.

— Je me suis perdu. Il faut que je retourne vers l'église, sinon ma sœur va repartir.

Sans répondre, Azza approche de lui un visage radieux paré d'un léger sourire.

— Et Tanguy ? Tu l'as déjà quitté ?

— Il me soûle avec ses questions !

Benoît est là, tout près de la jeune fille, son sac sur une épaule et le cadre de Baptiste sous le bras, comme un voyageur ne sachant plus où aller.

— Vite, conduis-moi à la route.

— Si je veux !

— Qu'est-ce que je dois faire ? Me mettre à genoux pour te supplier ?

Il baisse la tête, gêné par ce visage si proche du sien, par ces grands yeux troublants qui éveillent en lui des désirs inavouables. La jeune fille pose le front sur son épaule en un mouvement d'abandon allant bien au-delà de la lassitude. Un étrange frisson parcourt Benoît, qui à son tour pose sa main sur l'épaule d'Azza. Puis ils se ressaisissent tous deux, Azza relève la tête tandis que Benoît retire sa main comme s'il venait de se brûler.

— Viens, murmure-t-elle.

Ils partent, silencieux, repliés sur eux-mêmes. Ce contact les a rapprochés, tout en creusant le fossé qui les sépare. « Il est temps que cette histoire finisse », se dit Benoît.

Azza, elle, regrette soudain d'avoir quitté Tanguy sur un coup de tête. Ils marchent vite, concentrés sur le bruit des cailloux qui roulent sous leurs pas.

Il leur faut franchir deux collines et suivre le cours d'un torrent pour grimper vers un nouveau sommet. Benoît s'étonne de s'être autant éloigné de l'église. Azza marche devant sans la moindre hésitation. Lui, il peine. Enfin, il brise le silence, ose la première parole, anodine, et qui pourtant les remet l'un et l'autre dans une réalité plus ordinaire :

— Tu es sûre qu'on va vers la route ?
— On y arrive.

En effet, après une montée, les lacets blancs apparaissent, puis les cyprès et le clocher de l'oratoire. Mais la voiture de Macha n'est plus là.

— Il n'y a plus personne ! s'étonne Azza.
— Prête-moi ton téléphone.

La jeune fille hésite, puis tend son portable.

— Fais vite, je n'ai presque plus de batterie.

L'avocat hésite à son tour.

— Fais vite, je te dis !

Benoît compose le numéro de Macha, mais un bip l'avertit que la batterie est trop faible pour que la connexion soit établie.

— Qu'est-ce que je vais devenir ? soupire Benoît en s'asseyant sur une pierre pour soulager ses jambes.
— Prends cette route. En marchant bien, demain matin tu seras à Saint-Étienne-les-Orgues. Une route, ce n'est pas compliqué à suivre, tu ne peux pas te perdre.
— Je n'ai pas le courage, je suis cassé de partout !
— Quelle mauviette ! Bon, sinon on peut retourner à notre grotte où sont toujours les provisions. Tu manges, tu dors, et demain je te ramène à la route ou je te conduis à

un village. Mais il faudrait peut-être savoir ce que tu veux, parce que je ne te sens pas très décidé, là...

— Je te dérange ? Tu as un autre rendez-vous avec Tanguy ?

— Ne te mêle pas de ce qui ne te regarde pas, s'il te plaît. Moi, je rentre. Et toi, tu fais ce que tu veux.

Elle part d'un pas décidé. Le vent est de plus en plus frais. Benoît la regarde marcher puis se lance à sa poursuite en boitillant. Au bout de quelques pas, elle s'arrête.

— Allez, t'en fais pas ! Je ne sais pas ce que tu me racontes comme salades, mais j'ai l'impression que tu as surtout besoin de te planquer. Sinon, pourquoi tu serais parti quand ta sœur est arrivée ?

— Pourquoi je me cacherais ?

— Pour une connerie que tu as faite. Tu as la trouille, pas la peine de me faire ton cinéma. La petite Azza n'est pas tombée de la dernière pluie !

— Mais qu'est-ce que tu vas encore chercher ? s'emporte Benoît. Tu veux savoir la vérité ? Vraiment ? Eh bien, la vérité, c'est que je me suis éloigné en courant pour ne plus vous voir, toi et ton mec. Et que je me suis perdu !

— À d'autres. Enfin, le fait que tu sois obligé de rester ici m'arrange, je ne te le cache pas. Je préfère être avec toi que toute seule. C'est dit.

— Moi je ne veux pas rester. C'est dit aussi !

— Je connais la chanson. Donc, aujourd'hui, Tanguy est venu me voir. Ça ne s'est pas très bien passé, mais ce n'est pas grave. Ce n'est pas la première fois qu'on se dispute. Demain, c'est ton tour, je fais venir ta copine.

Benoît ouvre de grands yeux et reste sans voix.

— Mais ma copine a autre chose à faire que venir dans ce désert !

— Elle viendra, c'est moi qui te le dis. Et tu la verras. Bien en face. Et là il faudra choisir : la suivre et retrouver tes emmerdes en ville, ou rester là avec moi. Encore une fois, je ne te cache pas que je préférerais que tu restes.

— Mais ce n'est pas possible ! J'ai un métier, une famille, je peux pas rester ici indéfiniment !

— Tu as une famille ?

— Oui, un père, une mère, une sœur jumelle...

— Ah ! Je pensais que tu parlais de ta femme, de tes enfants...

— Non, je n'ai pas d'enfants.

— Eh bien alors, je ne vois pas où est le problème !

— Ne t'occupe pas de mes affaires.

— Je ne m'occupe pas de tes affaires. Tu as ta vie, j'ai la mienne, et elles ne se mélangeront jamais, tout est très clair, nous ne sommes pas du même monde, etc., etc., j'ai bien compris. Je te propose de t'aider parce que ça peut m'être utile. C'est tout. C'est purement intéressé, tu vois ?

— En quoi je peux t'être utile ?

— Quand tu seras rentré à Marseille, je saurai que je peux compter sur l'aide d'un avocaillon. Ça peut servir, dans un cas comme le mien.

Benoît sourit, s'approche d'elle et, dans un élan irréfléchi, lui caresse la joue du bout des doigts. Elle baisse les paupières et entrouvre les lèvres comme si ce geste lui faisait un bien infini.

— Finalement, tu n'es pas une mauvaise fille.

— On rentre ? propose-t-elle d'une voix retenue.

Macha a attendu deux longues heures au bord de la route. La citadine n'a pas osé s'enfoncer dans les taillis, redoutant les serpents et les sales bestioles. Après avoir pris le temps d'observer l'oratoire, le petit clocher avec sa croix surplombant la vallée, la porte en bois sculpté fermée à clef, elle est revenue vers la route, a fait les cent pas un moment puis a rappelé le numéro mystérieux pour tenter de joindre Benoît ; sans succès. À qui peut bien appartenir ce portable ?

Enfin, lasse d'attendre, elle a appelé son père qui, surpris, lui a conseillé de rentrer ; Benoît, selon lui, devait avoir eu un empêchement de dernière minute.

— Donne-moi le numéro. Je vais voir si on peut me dire à qui appartient ce téléphone, lui a proposé Bernard, heureux de tenir enfin une piste.

Déçue, Macha est donc rentrée à Marseille. Depuis son bureau, elle appelle Murielle pour savoir si Benoît ne s'est pas manifesté. La dentiste n'a eu aucune nouvelle. Incapable de faire face aux colères de sa fille, Murielle a convoqué sa mère. Mais même la douceur de Mamie Lulu n'y fait rien : Léa s'enferme dans sa chambre et continue de piquer colère sur colère.

— Jérémy me dit que la seule solution, c'est de la lui

ramener. Il paraît qu'à Vautrèges elle est douce comme un agneau et particulièrement sage.

— Je te l'ai déjà dit, mais à mon avis tu devrais consulter un psy.

— Il n'en est pas question ! Je suis quand même capable de régler mes problèmes toute seule, je n'ai pas besoin d'aller raconter ma vie et de pleurer dans le giron d'un inconnu.

Lorsque Macha raccroche, il lui semble que Murielle est une fois de plus dans l'excès et qu'à ce jeu-là elle ne gagnera pas.

Sur la table, son portable demeure désespérément silencieux.

Vers sept heures du soir, enfin, alors que la nuit est tombée depuis longtemps, elle rentre chez elle. Inutile d'avertir sa mère : elle s'inquiète pour un rien, mieux vaut donc lui cacher les dernières nouvelles.

Tandis qu'elle ouvre la porte de son appartement, son portable sonne. C'est son père.

— Les choses se compliquent, dit-il. Le téléphone avec lequel Benoît t'a appelée appartient à un certain Pierre Bourderin, demeurant à Aix-en-Provence. Il est représentant en machines agricoles !

— Quel rapport avec Benoît ? demande Macha, étonnée.

— Aucun. J'ai parlé à ce Bourderin. Il possède trois portables et croyait avoir laissé celui-là quelque part. C'est moi qui lui ai appris qu'il avait été volé. Donc Benoît t'a appelée avec un appareil volé, et je ne sais rien de plus.

— Qu'est-ce qu'il ferait, ce voleur, avec Benoît dans la montagne de Lure ?

— Je n'en sais foutre rien ! Le mystère s'épaissit d'autant plus que le numéro ne répond plus, et donc qu'on ne peut pas le localiser. On le surveille quand même. À ma demande, le propriétaire ne fera pas de déclaration de vol. Comme ça, si l'appareil émet de nouveau, on arrivera peut-être à remonter la piste, mais ça m'inquiète parce que en effet je ne vois pas ce que ton frère peut manigancer dans ce désert avec un voleur de téléphone !

En même temps, Bernard Montès ne peut s'empêcher de penser à ce que lui a dit M. Girelle : Benoît est en bonne santé et ne séjourne pas à Lure contre son gré. La thèse de la fugue amoureuse s'impose de façon de plus en plus nette, mais pourquoi un téléphone volé ? Et pourquoi une fuite en plein hiver à cet endroit précis ?

— Qu'est-ce qu'on fait ? demande Macha.

— On attend, on reste à l'affût. Tôt ou tard, le téléphone émettra et on le localisera. Ensuite, on se rendra sur place avec l'artillerie lourde : hélico, chiens et tout le bazar.

Quand la journaliste se couche, elle se sent l'esprit égaré par tant d'incohérences qui pourtant ne semblent pas inquiéter son père. Elle sombre enfin dans un sommeil lourd traversé par un rêve : Benoît marche dans la montagne, profitant des derniers rayons de soleil dans une Provence qui se prépare à l'hiver. Il donne la main à une jeune femme pour qui il a tout abandonné : sa sœur, sa maîtresse, sa famille, son métier. Macha envie cette personne.

Le lendemain matin à la première heure, son père la rappelle pour lui dire qu'il n'a rien de neuf mais pense que Benoît n'est pas en danger.

— Au fait, tu as pu parler à Arnaud ? lui demande Macha. Tu sais que nos appartements, celui de Benoît et le mien, ont été mis à sac ? Je suis certaine que c'est lui le cambrioleur. Et je sais très bien ce qu'il cherche !

— Arrête de sous-entendre des choses pareilles. Tu n'as aucune preuve. Arnaud n'est pas rentré cette nuit. Mais je vais le voir, je te le promets. Et là on avisera.

Macha ne va pas au bout de sa pensée, pourtant, l'envie d'en découdre avec sa belle-mère ne la quitte pas. Elle allume son ordinateur portable pour explorer les archives du *Provençal*, où elle trouve l'article qu'elle cherche. Elle relit alors dans quelles circonstances a eu lieu l'accident de Roquefort où une fillette a été gravement blessée et où le chauffard a pu prendre la fuite. Ses soupçons se confirment. Rien qu'elle ne sache déjà, mais l'incendie de la voiture d'Arnaud pourrait avoir été un bon moyen d'effacer les traces de l'accident... Après avoir feuilleté les articles des différents journaux locaux, elle décide de se rendre à Roquefort et d'interroger les gens.

Dans la petite bourgade, c'est l'heure où les parents attendent leurs enfants devant l'école communale, sur le lieu même de l'accident. Macha se présente, bavarde avec plusieurs témoins du triste événement qui a traumatisé tout le monde, et rencontre la mère de la petite Caroline, désormais clouée sur un fauteuil roulant.

— Elle peut aller à l'école, explique la femme à la journaliste. Pour l'instant on s'en sort, mais j'ai dû arrêter de travailler pour m'occuper d'elle, et personne ne nous vient en aide. Le plus difficile, ce sera l'année prochaine. Elle devra aller au collège, et je ne sais pas comment on va faire pour l'emmener...

Après avoir passé près d'un an à l'hôpital, Caroline est en retard dans ses études. Finalement, elle s'en tire bien, même si elle ne récupérera jamais ses jambes. Si son bras gauche est encore très handicapé, son bras droit, après plusieurs opérations, lui permet d'écrire, de manger et de faire des tas de petites choses. Macha se sent émue, touchée par le courage de la fillette qui regarde avec un air triste et résigné les autres grandir, s'amuser, vivre en toute liberté. Cela donne à la jeune femme l'envie d'aller jusqu'au bout de son enquête pour d'autres raisons que celles qui l'avaient motivée au départ : celui qui a été assez lâche pour s'enfuir après avoir renversé une écolière, celui qui vit tranquillement après un tel forfait doit payer ! Macha se jure de le retrouver.

Pourtant, elle dispose de très peu d'éléments. Elle décide donc de questionner son demi-frère et propose de venir le voir.

Une heure plus tard, ils se retrouvent dans un café du quartier Saint-Barnabé. Arnaud ressemble de plus en plus à son père, pourtant ses petits yeux noirs n'ont ni la détermination ni l'acuité de ceux du divisionnaire. Sa barbe peu fournie ne teinte pas ses joues d'une couleur virile et rassurante ; son sourire est mou, sans la moindre autorité.

— Alors, comment tu vas ? demande le jeune étudiant en droit. J'ai appris que tu avais eu des ennuis ?

— Ne t'en fais pas, c'est arrangé. On ne peut pas me punir d'avoir voulu faire mon métier.

Il esquisse un sourire dans lequel Macha croit lire une provocation. Elle pense au cambriolage des deux appartements, mais préfère ne pas en parler pour l'instant. Le jeune homme se doute que sa sœur ne lui a pas téléphoné pour le seul plaisir de le voir.

— Je trouve qu'on a tort de vivre chacun de son côté. On devrait reconstituer la famille, tous les trois, toi, Benoît et moi, hasarde-t-il. On devrait se voir plus souvent et tenter de rapprocher votre mère et notre père.

Arnaud commande une bière, Macha un café. Ils regardent un instant la rue et les passants pressés comme s'ils ne savaient pas quoi se dire. Pourtant, tous les deux pensent à la même chose : la carte permettant d'ouvrir le coffre de la tante Agnès, que le cambrioleur des appartements des jumeaux n'a pas réussi à récupérer.

— Bon, qu'est-ce que tu me voulais ? demande le jeune homme, gêné par le silence.

— Je suis sur une enquête un peu particulière. Un trafic de voitures volées entre la France et le Maghreb. Des gros bonnets seraient impliqués…

— Alors toi, la journaliste, la fouille-merde, tu te réjouis de porter ça au grand jour. Parfois, je me dis que tu es bien la fille de notre père, avec ta manie d'enquêter sur tout et n'importe quoi ! Qu'est-ce que tu me veux ? Tu me crois impliqué dans ton trafic ?

— Ne t'énerve pas. Je sais qu'on t'a volé une voiture il y a quelque temps. Une Peugeot 207 rouge, c'est bien ça ?

— Oui, c'est ça, mais elle a été retrouvée, ou du moins ce qu'il en restait : elle a été brûlée à Valmante.

— Je sais. Comment tu as pu la reconnaître ?

— En quoi ça t'aiderait dans ton enquête de le savoir ?

— Je crois que ta voiture était destinée au marché algérien, mais quelque chose est arrivé qui a poussé les voleurs à l'incendier. Ce quelque chose, c'était un coup de filet des flics. Personne n'était au courant, et je voudrais prouver qu'une taupe de la police avait averti les voleurs. Voilà.

— Et tu crois que papa ne l'aurait pas fait ? se moque Arnaud.

Macha vide sa tasse, se lève et se dirige vers le comptoir pour régler. Arnaud se fait plus conciliant.

— Je ne voulais pas te vexer. Je t'en prie, restons en bons termes. Je suis malheureux de cette mésentente entre vous et moi.

— Nos vies ont pris des chemins différents, c'est tout. Je suis d'accord pour qu'on se voie plus souvent, si c'est ce que tu souhaites vraiment.

— Alors, écoute : j'ai reconnu ma voiture grâce au volant. Figure-toi qu'un copain l'avait bricolé, et l'armature du centre avait été coupée à un endroit précis. C'est ce qui m'a permis de l'identifier.

— Très bien, tu peux me donner aussi la date exacte du vol et le jour où tu as retrouvé ta 207 calcinée ?

— Tu n'as qu'à le demander à papa. Tout est consigné dans les procès-verbaux de la police. Cela dit, j'ai bonne mémoire, je crois que ma voiture a été volée la nuit du 6 au 7 mai 2009, ou un peu plus tôt, et qu'on a retrouvé l'épave le 11. Voilà, tu sais tout ! précise Arnaud avec un air frondeur, certain d'avoir pris l'avantage.

Ils se saluent sur le trottoir et partent chacun de leur côté après s'être promis de dîner ensemble un de ces soirs. Macha regagne sa voiture en se demandant comment prouver qu'Arnaud a incendié lui-même sa 207.

De son côté, Arnaud a bien compris que Macha ne lui disait pas le fond de sa pensée. Aussi téléphone-t-il à son père.

— Ta fille s'intéresse à un soi-disant trafic de voitures volées, et elle m'a posé des questions sur les circonstances du vol de la mienne. Je ne suis pas certain qu'elle m'ait tout dit...

— Il faut bien qu'elle fasse son travail, répond Bernard Montès, indifférent, avant de se souvenir que le fameux réseau a été démantelé depuis longtemps, et la taupe dénoncée. Si sa fille a une autre idée derrière la tête, il n'a aucune raison de s'en mêler.

Conscient qu'il n'obtiendra rien de son père, Arnaud rentre précipitamment chez lui, où Virginie est occupée comme d'habitude à l'entretien de ses rosiers.

— Qu'est-ce que tu fais là à cette heure ? s'étonne-t-elle. Je croyais que tu avais cours.

— J'ai vu Macha. Elle ne m'a pas parlé du cambriolage de son appartement, preuve qu'elle me soupçonne.

— Pourquoi tu te tracasses ? Elle se sent aussi coupable

que toi puisqu'elle n'a pas porté plainte. Laisse faire : j'ai encore eu M. Lombiert au téléphone. Ses recherches avancent. Sur les comptes de la société Azur, la somme versée par ta tante pour l'achat de Porquerolles n'apparaît nulle part. Et puis il a la certitude que ton grand-père n'était pas au bord de la faillite quand il a vendu le domaine. Il vient de découvrir un compte en Suisse suffisamment pourvu pour faire face à toutes les dépenses. Nous tenons le bon bout. La seule chose, c'est qu'on n'est pas sûrs d'être prêts pour le 24 décembre. Il faudrait retarder l'ouverture du testament…

— Si on pouvait récupérer la carte des jumeaux, ce serait beaucoup plus simple. Mais où est-elle ?

— Peut-être dans un coffre.

— Je ne crois pas. Ce n'est pas leur style. Ils n'y accordent pas assez d'importance. En fait, je pense que Benoît a cette carte sur lui, dans une poche, tout simplement.

— C'est possible, en effet ! Mais qu'est-ce que ça change ?

— Tout. Pour la retrouver, il suffit de le retrouver lui et de lui faire les poches ! C'est simple, non ?

— Et comment tu comptes t'y prendre, si les pompiers et les sauveteurs n'y sont pas arrivés ?

Virginie observe son fils. Ce garçon l'inquiète, parfois. Son absence totale de scrupules le place du côté de ceux qui, un jour ou l'autre, ont affaire à la police. Pourtant, elle ne peut pas le blâmer : la duplicité d'Agnès a fait de lui une victime, et l'intention d'Arnaud de rétablir l'équité entre les trois enfants de Bernard n'est pas plus condamnable que l'attitude des jumeaux.

— Il faut quand même que tu sois prudent. Et puis tu ne sais pas où se trouve Benoît. La montagne de Lure est très grande.

— Je ne crois pas au hasard. Benoît se cache parce qu'il

a dû faire une grosse connerie. Papa est sans doute au courant, mais il ne me dira rien. Alors je vais m'en occuper tout seul et envoyer mes copains ratisser les lieux.

— Je t'en supplie, ne te lance pas dans une affaire qui pourrait se retourner contre toi !

Arnaud prend sa mère dans ses bras et dépose un gros baiser sur son front.

— T'en fais pas, ma petite maman. J'ai tout prévu. Moi je reste ici, et mes copains sont discrets. On sera vite fixés !

— Mais ils ne le retrouveront pas !

— Bien sûr que si. Si les policiers ne l'ont pas trouvé, c'est que papa avait donné la consigne de ne pas faire de zèle. Matthias, le berger qui a passé sa vie dans la montagne, dépend de mes copains pour la fourniture de certaines substances sans lesquelles il devient fou. Et son chien est mieux dressé que ceux des flics.

Vaincue, Virginie retourne à ses préoccupations. Arnaud joue avec le feu, mais comment lui faire entendre raison ?

— Surtout, fais bien attention que ton père n'en sache rien !

— Ne t'inquiète pas, je te dis.

Macha a beau chercher, les articles concernant l'accident de Roquefort sont nombreux mais ne lui apportent rien. Ce qui l'étonne encore, c'est que personne n'ait pensé à noter le numéro d'immatriculation.

— Voyons, dit-elle en levant les yeux au plafond, il y avait beaucoup de monde, on s'est surtout occupé de la blessée, mais la voiture devait être sacrément amochée. D'autres personnes ont dû la remarquer, un peu plus loin sur la route, et l'enquête n'en parle pas, c'est bizarre.

Comment se fait-il que la police n'ait pas retrouvé le véhicule accidenté ? Son père ne peut quand même pas être accusé de l'avoir dissimulé ! Donc soit le chauffard a eu une chance inouïe, soit... Il faut qu'elle retourne à Roquefort.

Sous les platanes de la place, des retraités jouent aux boules, la rue principale est déserte à cette heure de l'après-midi. Macha se poste devant le portail de l'école et imagine la scène. Puis elle revient vers sa voiture.

— Vous êtes bien la journaliste qui s'intéresse à l'affaire de cette pauvre petite Caroline Béjon ? l'interpelle un joueur de boules.

— Oui, je m'étonne qu'on n'ait jamais retrouvé le chauffard. Et rien ne me révolte plus que la lâcheté de cet homme qui s'est enfui !

— On a fait notre enquête, nous aussi, reprend le joueur. Moi, je suis Paul, le Paul, comme on dit ici. Je tiens le bistrot derrière. Et les gens parlent devant un pastis. On a notre idée.

— Ah bon ? s'étonne Macha.

— C'est vrai que ce salaud nous a échappé. Ce qu'on voulait, c'était lui faire sa fête. Parce qu'on n'a plus confiance dans les flics. Le gaillard ne serait même pas allé en prison. Alors, vous pensez qu'on voulait s'occuper de lui. Maintenant, au bout de deux ans, on peut en parler parce qu'il nous a filé entre les doigts.

Les autres joueurs rassemblés autour de Macha approuvent par des hochements de tête. L'un d'eux, un grand échalas maigre au visage ridé comme une figue sèche s'approche.

— Les flics faisaient leur affaire dans leur coin et ne nous disaient rien ; ils nous questionnaient comme si on était les coupables ! Alors on s'est renseignés. Figurez-vous qu'après avoir heurté la pauvre gamine, la voiture a pu traverser le village à fond, mais qu'elle s'est s'arrêtée un peu plus loin. Le conducteur a essayé de détordre une aile qui frottait sur une roue. Et le facteur, le Frédéric Guarnet, qui revenait de sa tournée avec sa voiture, l'a vu en train de tirer sur les tôles et d'en jeter une dans le fossé avant de repartir à pleins gaz.

— Personne n'a pensé à le courser ? demande Macha. Vous en avez parlé aux policiers ?

— Bien sûr. Quand le facteur a appris ce qui s'était passé, il a fait demi-tour, mais l'oiseau s'était envolé. Il a récupéré la tôle dans le fossé.

— Et vous ne l'avez pas confiée aux enquêteurs ? Ç'aurait été la meilleure manière d'arriver au coupable.

— Si, bien sûr. Les flics ont même trouvé deux ADN. Mais ça n'a servi à rien. On peut difficilement comparer les ADN de la tôle à tous les ADN de la région. Sans suspect, l'ADN ne sert à rien du tout !

Une fois chez elle, Macha appelle son père car il lui semble que les policiers n'ont pas exploré toutes les pistes et qu'ils ont classé l'affaire un peu vite.

— Dis-moi, attaque-t-elle, tu savais qu'on avait trouvé deux ADN sur une aile de la voiture du chauffard ?

— Naturellement !

— Alors comment ça se fait qu'aucun journal n'en ait parlé ?

— Parce que j'ai demandé qu'on ne divulgue pas l'information, réplique le divisionnaire, afin de ne pas exaspérer l'opinion publique qui croit dur comme fer qu'avec un ADN on peut facilement trouver un coupable. Mais pendant ce temps, on faisait discrètement des prélèvements sur tous les chauffards arrêtés pour de graves infractions, en espérant que la chance nous sourirait. Mais comment tu as su, toi, que nous avions eu cette information restée confidentielle ?

— En parlant avec les gens de Roquefort.

Macha se sent sur la bonne voie, aussi rend-elle une petite visite au juge d'instruction Paulan, dans son bureau au palais de justice. Proche de la retraite, le vieux magistrat s'est occupé de l'enquête deux ans auparavant. C'est un petit homme rondouillard, à l'apparence tranquille, aux cheveux blancs, et dont le visage est parcouru de tics. La jeune femme va droit au but :

— J'ai rencontré la petite Caroline Béjon et je compte enquêter, car il me semble que tout n'a pas été fait pour retrouver le coupable.

La manière brutale dont la journaliste aborde le sujet fait se cabrer l'homme de loi. Tout au long de sa carrière, il a rencontré tant de redresseurs de torts qu'il ne peut s'empêcher de répliquer vivement :

— Vous sous-entendez que les policiers n'ont pas bien fait leur travail, n'est-ce pas ?

— Non, mais je pense pouvoir les aider.

— Que voulez-vous dire ? Vous n'allez quand même pas analyser l'ADN de tous les propriétaires de voitures ?

Paulan sait que Macha a tenté d'introduire une arme dans un avion. Cette façon qu'elle a de rechercher le sensationnel au mépris des honnêtes travailleurs le révolte. Pour qui se prend-elle ? Sous prétexte qu'elle est la fille du divisionnaire, voilà qu'elle se permet de lui faire la leçon ? Il doit la remettre vertement à sa place. Et elle va comprendre sa douleur. Sous ses apparences de bon bougre, Paulan cache un caractère vif. Et quand il démarre, il n'arrive pas toujours à se modérer.

— Ma démarche va vous sembler bizarre, poursuit la jeune femme, mais ce que je vais vous proposer va peut-être vous permettre de découvrir le coupable.

— J'en doute, mais dites quand même.

— Vous allez faire comparer mon ADN aux deux ADN prélevés sur la tôle du véhicule accidenté.

Le juge ouvre de grands yeux. L'étonnement arrondit son visage grassouillet tout à coup immobile, comme figé.

— Vous voulez dire que..., bredouille-t-il.

— Non, ce n'est pas moi qui ai renversé la fillette, mais l'ADN vous dira si c'est un de mes proches. Dans ce cas, vous aurez une liste assez restreinte à consulter...

Le juge n'en revient pas. Comment Macha Montès, journaliste en vue à France 3, peut-elle avoir un lien quelconque avec l'horrible chauffard ?

— Que cherchez-vous encore ? demande-t-il en se forçant à sourire, toujours sur ses gardes. Vous testez les services de police ? Vous voulez montrer un dysfonctionnement ou je ne sais quoi ?

— Je vous promets que non. Je ne cherche qu'à vous aider à confondre le chauffard. Je ne ferai pas de reportage sur cette affaire. Si ça réussit, vous pourrez dire que c'est le hasard qui vous a souri...

— Mais voyons, mademoiselle, si vous me demandez cela, c'est parce que vous soupçonnez quelqu'un, un proche... Votre père, peut-être ? Ou alors votre frère ?

— J'ai un frère jumeau et un demi-frère, né du second mariage de mon père. Il se peut aussi que le coupable soit ma mère, une cousine, ou une autre personne de ma famille. Je vous rassure, ce n'est pas mon père !

Macha pose sur le bureau une petite boîte à pastilles contenant des cotons-tiges.

— Voici mon ADN. Appelez-moi dès que vous aurez les résultats. Je vous jure que je ne dirai rien à personne.

Elle repousse sa chaise et sort, laissant le juge circonspect. Paulan doit-il avertir Bernard Montès ou agir sans prévenir personne ? Si l'analyse met en lumière une parenté entre Macha et le chauffard, Montès en sera automatiquement informé. Paulan n'est pas un mauvais juge, mais il sait que parfois il vaut mieux prendre ses précautions afin de ne pas s'attirer d'ennuis. Sa carrière s'arrêtera bientôt, dans ce même bureau exigu dont son remplaçant ne voudra pas, et il n'a plus envie de se tracasser.

Au téléphone, une voix de femme lui demande si c'est pour un rendez-vous. Non. Sa communication est strictement privée, il doit parler à Bernard Montès en personne.

Le divisionnaire le salue très aimablement et s'informe de ce qui lui vaut le plaisir de l'entendre. Les deux hommes se connaissent mais ne se fréquentent pas, considérant que chacun doit rester à sa place ; néanmoins ils s'estiment. Paulan relate la visite de Macha. Montès comprend ce que cherche sa fille. Il pourrait s'arranger avec le juge qui lui tend la perche, mais son devoir lui impose de rester neutre. Lors de cet accident, le divisionnaire a eu les mêmes soupçons que Macha et s'en est toujours voulu de n'avoir rien dit par pure faiblesse, afin de ne pas troubler sa petite tranquillité.

— Faites votre devoir. Les membres de ma famille sont des justiciables comme les autres. Je sais qui soupçonne Macha, et ce sera bien d'en avoir le cœur net.

Montès raccroche et prend sa veste, puis annonce à sa secrétaire qu'il a un rendez-vous et sera de retour en fin d'après-midi. En fait, il rentre chez lui.

— Qu'est-ce qui se passe ? s'étonne Virginie. Il est rare que tu arrives aussi tôt !

— Où est Arnaud ?

— En cours ! Tu penses bien qu'il n'est pas ici à se prélasser, tout de même !

Elle est en train de préparer un bouquet de roses. Ayant coupé les tiges en biseau, elle dispose les fleurs dans un vase en cristal.

— J'ai toujours pensé que les roses étaient plus jolies dans un jardin que dans un vase ! déclare Montès qui observe sa femme depuis un moment.

Virginie sait que de telles paroles cachent un reproche,

ce qui la ramène à son obsession : sa jalousie à l'égard d'Anne-Sophie dont elle n'a pas la classe, et son acharnement pour qu'Arnaud ne soit pas oublié au profit des jumeaux.

— Que se passe-t-il ? demande-t-elle. Tu me regardes d'une drôle de façon.

— Il faut que je parle à Arnaud.

— Qu'est-ce qu'il a fait ? Arrête de le tourmenter pour rien !

Cette réponse exaspère Bernard qui ne supporte plus les frasques de son fils. Très récemment, ses services ont pris Arnaud au volant d'une voiture avec deux grammes et demi d'alcool dans le sang. Du coup, il n'est pas très enclin à laisser Virginie le défendre envers et contre tout.

— Je vais aller l'attendre à la sortie de la fac, déclare-t-il.

— Mais qu'est-ce que tu lui veux ? C'est si pressé ? Tu ne peux pas attendre ce soir ? Tu auras le temps de lui demander ce que tu voudras.

— Non, il faut que je le voie seul à seul, et tout de suite ! conclut-il en partant.

— Ta manière de parler ne me plaît pas du tout ! lui crie Virginie en posant son bouquet de roses sur la petite table du salon, alors que son mari s'éloigne.

— Allez cueillir mon fils à la sortie de la fac et amenez-le-moi ici dare-dare, ordonne-t-il à deux inspecteurs lorsqu'il revient au commissariat.

Deux heures plus tard, Arnaud est introduit dans le bureau de son père qui se lève et fait quelques pas en direction de la fenêtre, comme s'il cherchait ses mots. Debout près de la chaise du visiteur, Arnaud tente de deviner pourquoi son père l'a convoqué de manière aussi radicale.

Est-il au courant de ce qu'il a fait pour tenter de récupérer la carte des jumeaux ?

— Réponds-moi franchement, commence Bernard sur un ton qui n'admet pas de réplique. Je n'irai pas par quatre chemins. Est-ce toi qui as renversé la petite Caroline Béjon ?

— Qui ? fait Arnaud pour gagner du temps. Caroline Béjon ?

— Surtout, ne me dis pas que tu n'es pas au courant, explose Montès. Réponds-moi tout de suite ! Est-ce toi qui as renversé la petite Caroline à Roquefort et qui t'es enfui comme un lâche ?

Arnaud se tait.

— En tout cas, reprend Montès, sache qu'on a trouvé l'ADN du chauffard sur une aile de sa voiture qu'il avait imprudemment balancée dans un fossé. Sache aussi que Macha a demandé une analyse de son propre ADN pour déterminer si elle a une parenté avec le salopard. Si tu es le coupable, l'étau risque de se refermer très vite.

Arnaud hésite. Son père lui jette un regard de fauve prêt à se jeter sur sa proie. Il lui semble alors que l'attaque est la meilleure défense.

— Tu ferais mieux d'aller trouver Macha et de lui dire de fermer son clapet. Et puis moi aussi je peux te poser des questions.

Il s'étonne d'avoir eu l'audace d'une telle parole. Face à l'autorité écrasante de son père, il se sent toujours comme un petit garçon.

— Lesquelles ?

— Porquerolles ! Tout le monde sait que tu protèges les jumeaux pour qu'ils aient la totalité du domaine ! Tout le monde sait aussi que la tante Agnès a eu Porquerolles grâce à une magouille !

Arnaud ne peut aller plus loin. Un geste vif de son père

le fait taire. Montès se dresse, énorme devant le jeune homme maigre au corps encore adolescent. La rouerie de ce gamin capable des pires calomnies pour se tirer d'affaire exaspère Bernard. En ce sens, il a tout de Georges qui fréquentait des gens peu recommandables, mais Georges, lui, avait une certaine classe. Sur un ton qui se veut calme, mais qui cache mal sa colère, Montès répète :

— Est-ce que c'est toi qui as renversé la petite Caroline à Roquefort ?

Arnaud s'anime, se tourne vers la porte, remue les bras comme pour se débarrasser d'une douleur due à l'immobilité, s'apprête à parler, inspire, puis se retient.

— Je t'écoute. Ne cherche pas à tergiverser.
— Non, ce n'est pas moi ! Tu penses bien que...
— Que quoi ? ! tonne le divisionnaire.
— Que rien ! Que je me serais arrêté, évidemment !
— Je ne peux rien contre la démarche de ta sœur. Maintenant, file.

Dans la rue, Arnaud hésite entre deux directions, puis rentre chez lui.

— Mais qu'est-ce qui se passe ? lui demande Virginie. Ton père m'a parlé comme il n'avait jamais osé le faire !

Arnaud prend sa mère dans ses bras et la câline. Lorsqu'il se montre affectueux, Virginie ne peut rien lui refuser. Il est son fils unique. Il est tout pour elle.

— Je vais t'expliquer. Il faut qu'on trouve une solution ensemble, murmure Arnaud. Je sais que je peux compter sur toi, ma petite maman...

Quand il se réveille, Benoît fait le compte et n'en revient pas. Voilà cinq jours qu'il a quitté Marseille, cinq jours qu'il erre dans une montagne désertique en compagnie d'une jeune fille que n'importe où ailleurs il n'aurait pas remarquée. Azza est déjà sortie. Le froid s'est intensifié. Le vent qui roule sur les collines pousse d'énormes nuages noirs.

Chargée d'une brassée de bois sec, Azza entre dans l'abri où elle s'active pour allumer le feu.

— Je vais faire du café et on mangera un peu, dit-elle. Ensuite, tu me suivras. Je te conduirai à la route et tu téléphoneras à ta copine pour qu'elle vienne te chercher.

Benoît sourit. Comment pourrait-il appeler Murielle avec un téléphone sans batterie ? Mais Azza a son air malicieux de fille dégourdie.

— J'ai oublié de te dire... J'avais prévu une batterie de rechange.

— Tu sais, j'ai déjà appelé ma sœur, et maintenant tu veux que j'appelle Murielle ? Si tout le monde a ton numéro, mon père aura vite fait de remonter jusqu'à toi !

— Aucun risque. C'est un téléphone volé !

— Quoi ?

— Arrête tes simagrées ! Tu crois que j'avais les moyens

de me payer un téléphone neuf juste avant de fuguer ? La chambre universitaire, les livres, les cours ça coûte cher, et je ne pouvais pas compter sur mes parents. Il fallait bien que je me débrouille.

— Me voilà en cavale avec une voleuse, maintenant.

— Tes lamentations me soûlent ! Si tu n'as pas voulu suivre ta sœur, j'aurai peut-être plus de chance avec ta maîtresse ?

Azza pique des tartines de pain de mie sur une baguette d'olivier et les fait griller sur le feu qui crépite. Une bonne odeur se répand dans la grotte et donne à Benoît l'envie de petit-déjeuner.

— Regarde, j'ai un trésor…

Elle fouille dans le petit sac en plastique et en sort deux magnifiques bols ébréchés aux couleurs délavées.

— Je les ai trouvés dans les ruines d'une cabane de berger un peu plus bas. Comme s'ils avaient été mis là pour nous. Ce sera plus pratique !

Pour la première fois depuis le début de sa cavale, Benoît déguste un petit déjeuner royal : des tartines un peu brûlées avec du café mal dosé. Il peut en être reconnaissant à Azza qui mange tranquillement sa tartine carbonisée quand son portable sonne. Benoît sursaute, la jeune fille lui lance un regard amusé en portant l'appareil à son oreille.

— Non, dit-elle, je ne peux pas te voir aujourd'hui. Ni demain. Comprends-moi, Tanguy, il ne faut pas que les gens puissent se douter de quoi que ce soit. Mes parents et mes oncles t'ont à l'œil !

Elle coupe le téléphone et pousse un soupir.

— Les hommes…, dit-elle sur un ton exaspéré. Tous les mêmes. Incapables d'attendre un peu !

— Qu'est-ce qu'il voulait, encore ?

— Me voir aujourd'hui ou demain. Mais moi, je ne veux plus.

Elle a parlé sans baisser les yeux, le regard planté dans celui de Benoît, soudain très troublé.

— Je te demande pardon pour les choses désagréables que j'ai pu te dire, déclare-t-elle en souriant. Maintenant, prépare-toi, on part vers la route. N'oublie pas Baptiste.

Benoît vide son bol de café. Il se sent en pleine forme, comme il ne l'a pas été depuis longtemps. Dehors, de gros nuages s'amoncellent sur les collines, des corbeaux traversent le ciel sombre en poussant leur cri lugubre.

— Dépêche-toi. Il fait froid.

Ils dévalent le sentier entre les rochers, contournant les aubépines et les oliviers. Ils marchent ainsi un long moment, silencieux. Tout à coup, Azza s'arrête.

— Tu as raison, dit-elle soudain. Ta sœur a mon numéro. Ce matin j'ai appelé Marine, et j'ai eu des appels de Tanguy. Ton père aura vite fait de me trouver. Il faut que je parte d'ici au plus vite.

Benoît la regarde intensément. Il porte toujours son sac sur une épaule et le cadre de Baptiste sous le bras. Elle s'approche de lui et pose un rapide baiser sur sa joue.

— Qu'est-ce que tu attends pour appeler ta copine ? lui demande-t-elle en lui tendant son téléphone.

Il compose le numéro et tombe sur la messagerie de Murielle.

— Merde ! s'exclame-t-il en coupant la communication.

Azza le regarde avec un sourire moqueur.

— Recommence. Tiens, garde le téléphone, moi je vais faire un tour pour que tu puisses parler tranquille. À plus, avocaillon !

Elle tourne les talons et grimpe le raidillon. Benoît la regarde s'éloigner avec l'envie de la retenir, de lui crier de rester. Mais Azza revient très vite, affolée.

— Hé ! Viens voir !

Lorsqu'il la rejoint, elle lui montre quatre points noirs sur le flanc de la colline au-dessous d'eux.

— Des motos, dit-elle. Ça ne me dit rien qui vaille...

Quatre motards zigzaguent entre les taillis et se dirigent vers eux.

— Ce sont des chasseurs, qu'est-ce que tu veux que ce soit d'autre ?

— Non, les chasseurs ne se déplacent pas en moto mais en 4 × 4. Ils transportent du matériel. Je te dis, c'est bizarre.

— Alors ce sont des randonneurs.

— Non.

Azza ne saurait dire ce qui l'inquiète. Un pressentiment, une appréhension inexplicable. Les brutales accélérations des moteurs lui rappellent les rodéos entre les tours de la cité. Certaine qu'un danger menace Benoît, elle agrippe le col de sa veste déchirée.

— Je t'en prie, cachons-nous le temps qu'ils s'éloignent !

— Mais pourquoi ? Ce sont des jeunes qui s'amusent, rien de plus !

— Non. J'ai peur !

Il la saisit par les épaules pour la rassurer.

— Ces motards, tu crois que c'est toi qu'ils viennent chercher ?

— Je ne sais pas, murmure Azza. Viens te cacher avec moi, s'il te plaît !

Les motos se rapprochent dans un vacarme assourdissant.

— Je suis sûre que ce sont des petits caïds, insiste Azza. Viens, fuyons tant que c'est possible ! ajoute-t-elle en prenant la main de Benoît et en l'entraînant vers la route. Il y a une petite grotte sous l'oratoire.

Ils passent devant la chapelle puis empruntent un sentier escarpé au-dessus du vide et pénètrent dans un renfoncement entre les rochers. Il était temps : les motards s'arrêtent juste à leur hauteur. Sous leur casque noir et leur blouson de cuir, ils sont peu engageants. Dans l'ombre, Azza et Benoît les regardent caler leurs machines puis poser leur casque sur le réservoir. L'un d'eux, grand et maigre, tente d'ouvrir la porte de la chapelle puis se tourne dans la direction prise par les fugitifs.

— Tom, c'est bien par là que tu as vu quelque chose ?

— Oui, mais maintenant je me demande si ce n'étaient pas des animaux.

— Si ce mec voulait fuir, suggère l'un des motards, un homme de grande taille aux épaules impressionnantes, il ne se serait pas planqué juste à côté de la route.

— Bon, décide Tom, on pisse et on repart.

Ces hommes semblent autrement plus efficaces que les sauveteurs à pied. Azza se rapproche de Benoît, si près qu'il sent l'épaule de la jeune fille trembler contre la sienne.

— C'est toi qu'ils cherchent ! J'en suis certaine !

— Comment tu le sais ?

— Ils ont parlé d'un « mec ». « Si ce mec voulait fuir », ils ont dit.

— Je ne suis pas le seul « mec » du monde.

Alignés près de l'oratoire, les motards en arrosent copieusement le mur.

— Et Matthias, le berger ? demande l'un d'eux. Je parie qu'il est encore en train de cuver...

— Il nous attend un peu plus haut, au refuge de Lure, avec son chien. Je suis certain qu'il a déjà repéré le type.

— Quand je pense qu'on travaille pour le fils du divisionnaire, il y a de quoi se rouler par terre !

— Échange de bons procédés, le coupe Tom. Tu sais bien qu'il nous rend des petits services en fouillant dans les papiers de son père... Alors on va lui récupérer sa carte, il sera content et tout continuera à rouler.

Les motards remettent leur casque et enfourchent leurs engins pour repartir dans un bruit assourdissant. Benoît et Azza écoutent longuement les accélérations des moteurs, jusqu'à ce qu'ils se perdent derrière les collines.

— Tu vois, j'avais raison, murmure Azza.

Benoît pose alors ses mains sur les épaules de la jeune fille, qui se laisse aller. D'un geste spontané, naturel, il l'étreint, cédant enfin à cette pulsion qu'il sent en lui depuis le premier jour et qui l'a fait demeurer jusque-là dans cette montagne, contre toute raison. Tandis qu'il cherche ses lèvres, ses mains courent sur le corps ferme et magnifique d'Azza, découvrent ses seins.

Azza semble s'abandonner puis repousse vivement Benoît. Aussi essoufflé que s'il venait de courir un marathon, le visage en feu, le corps envahi par une soudaine chaleur, il tente d'attirer de nouveau la jeune fille contre lui. Mais le charme est rompu. Azza proteste :

— Viens, le temps presse, murmure-t-elle.

Elle sort, et Benoît la suit lourdement. Il voudrait parler, mais les mots qui lui viennent ne correspondent pas exactement à ses pensées.

— Il va falloir monter en altitude, lui explique Azza. Tu ne peux pas repartir, je crois que c'est clair, maintenant. Il faut qu'on s'organise autrement. Et, au fait, qu'est-ce que c'est que cette histoire de carte ?

— C'est... C'est une carte qui permet d'ouvrir le coffre de ma tante Agnès. Une affaire d'héritage d'une grosse propriété sur l'île de Porquerolles.

Azza siffle. Est-ce à cause de leur courte étreinte, de ce premier baiser maladroit que Benoît découvre cet autre visage, celui d'une jeune femme proche de lui, un visage tellement différent de celui de la fille agressive qui le faisait se tenir sur ses gardes ?

— C'est donc une affaire de gros sous ! Je me doutais que tu étais riche, mais pas à ce point !

— Tu te trompes. Je ne suis pas riche du tout. La propriété de Porquerolles appartenait à ma tante, morte l'été dernier. Personne ne sait à qui elle l'a léguée. Ses dernières volontés sont enfermées dans le coffre d'une banque.

— Et ceux qui paient les cow-boys à moto veulent lire le testament avant tout le monde, c'est bien ça ?

Le téléphone de la jeune fille sonne.

— Tu vas finir par nous faire repérer, avec ton portable !

— C'est Tanguy, dit Azza en jetant un œil à l'écran. Il me gonfle. Je n'ai pas envie de lui parler.

Ils poursuivent leur marche sur le sentier qui monte à travers la pente caillouteuse. Le ciel est gris et bas ; il fait toujours aussi froid. Une brume blanche estompe les creux, ne laissant surnager que des bosses, des îles désertes sur un océan de lait. Azza et Benoît n'échangent pas un mot pendant toute la remontée. Benoît ne parvient plus à savoir où ses pas vont le conduire, le baiser d'Azza a transformé son esprit en chaos. Il n'a pas appelé Murielle et ne le regrette pas.

Ils arrivent au bord d'un petit lac que Benoît ne connaissait pas. N'ont-ils pas suivi le même chemin que ce matin ? Comment se fait-il qu'ils n'aient pas vu cette pièce d'eau tranquille entre les hauts mélèzes qui s'y reflètent ? Il en fait la remarque :

— On s'est égarés ? Je n'ai pas vu ce lac tout à l'heure...

Azza sourit.

— La preuve que sans moi tu es perdu... Ce matin, on est passés sur l'autre versant, alors, on ne pouvait pas voir le lac. Moi, je le connais bien. Avec l'école, on venait y camper. Si tu fais le tour, tu trouves des cabanes en bois construites pour les randonneurs. Une sorte de refuge, si tu veux. On pourra y venir quand il fera plus froid, mais c'est dangereux, des gens peuvent arriver à n'importe quelle heure du jour et de la nuit...

Benoît contemple les eaux tranquilles quand un poisson vient percer la surface. Les cercles concentriques de l'onde courent vers les berges.

— Ce lac est plein de belles truites, fait remarquer Azza. Mes oncles venaient y pêcher. C'est interdit, bien sûr, mais il suffit de faire attention et de ne pas se faire prendre !

Benoît ne l'écoute que d'une oreille. Le goût du baiser le trouble toujours. Le téléphone sonne de nouveau.

— Mais éteins-le ! explose le jeune homme. On va finir par se faire repérer !

Azza contemple son portable qui émet toujours son horrible musique.

— Fais voir ton téléphone, dit-elle. Je suis sûre que c'est un super truc !

— C'est un iPhone, répond Benoît en le lui montrant.

Azza le prend dans sa main, le contemple un instant, à côté de son portable ordinaire, puis jette les deux appareils qui tournoient dans l'air avant de tomber dans le lac, à l'endroit où le poisson a percé la surface. Les cercles de l'onde gagnent la rive. Face à Benoît médusé, elle éclate d'un grand rire.

— Qu'est-ce qui t'a pris ? Tu es folle !

— On sera plus tranquilles. C'est ce que tu voulais, non ? Maintenant, plus aucune sonnerie ne viendra troubler le calme de la montagne, et personne ne pourra plus nous retrouver.

— Et si on en a besoin, si on tombe malades ? Il faut bien que j'appelle Murielle et ma sœur un jour ou l'autre pour les rassurer...

— Tu vas arrêter, fait Azza en collant son index sur les lèvres du jeune homme. Tu me casses les pieds avec tes hésitations et tes prétextes. On n'est pas sortis de l'auberge ! Pour le moment, il faut qu'on soit discrets. Les motards n'ont sûrement pas fini de te chercher, et je préférerais qu'ils ne nous tombent pas dessus.

Une bonne nouvelle attend Macha lorsqu'elle arrive à son bureau : Pierre Léret, son rédacteur en chef, l'accueille avec un grand sourire.

— Toute poursuite contre toi est arrêtée, lui annonce-t-il. Apparemment, ton père est intervenu, et le commissaire Desfond s'est fait sérieusement remonter les bretelles.

— Tant mieux.

Elle pose son imperméable et entreprend de consulter l'abondant courrier qui jonche sa table de travail. Son portable sonne, le juge Paulan l'informe qu'il souhaite la voir au plus vite. Elle regagne donc sa voiture sur le parking.

Le juge est perplexe. Les résultats des analyses ADN sont tombés : édifiants.

— Le chauffard qui a renversé la petite Caroline est peut-être de votre famille. L'un des deux ADN trouvés sur l'aile de sa voiture est proche du vôtre. Mais il reste un deuxième ADN, totalement différent. Pour celui-là, on n'a toujours aucune piste. Mais je veux bien relancer l'enquête.

— Vous savez que mon demi-frère avait la même voiture que le chauffard, et qu'il l'a déclarée volée le lendemain de l'accident...

— En effet.

— Mais ne nous précipitons pas. Autant éviter que la

presse s'empare du sujet. Laissez-moi convaincre mon demi-frère de venir lui-même vous dire ce qu'il sait, d'accord ?

De retour dans son bureau, Macha appelle Arnaud et lui fixe un rendez-vous dans un bar du Vieux-Port où ils se retrouvent deux heures plus tard.

Ayant embrassé son demi-frère, Macha commande un café, puis, sans rien ajouter, sort son portable et montre des photos à Arnaud.

— Tu vois cette petite fille clouée sur son fauteuil ? C'est Caroline Béjon qui, en sortant de l'école, a été renversée par un salaud qui n'a pas eu le courage de s'arrêter.

Arnaud se trouble en regardant défiler les photos. Le voilà face à une réalité qu'il a voulu occulter. Son visage se ferme.

— C'est gênant, n'est-ce pas ? insiste Macha. Pour le moment, on a une piste, parce que l'un des deux ADN présents sur une tôle a parlé. Le salaud va être démasqué. Et ce serait mieux pour lui, et pour son amour-propre, qu'il aille se dénoncer lui-même. Ce serait un premier acte de courage qui le réhabiliterait vis-à-vis de lui-même.

Sans rien ajouter ni même boire son café, Macha pose un billet de dix euros sur la table et quitte le bar, laissant Arnaud désemparé.

Dehors, son portable sonne : Murielle vient aux nouvelles, comme elle le fait deux ou trois fois par jour.

— Non, rien de neuf, dit Macha. Mon père a pu localiser le téléphone qui m'a appelée, mais les autorités se font tirer l'oreille pour déclencher un grand plan de recherche. On peut espérer que Benoît est en bonne santé. Il n'a pas de raison grave de se cacher : il doit seulement répondre d'un excès de vitesse et en France, les gens sont libres d'aller où ils veulent. Si on ajoute à ça le manque d'effectifs, la police n'a pas de raison fondamentale de le chercher. Elle a des affaires plus urgentes à régler. Et toi, où en es-tu ?

— Léa est toujours aussi caractérielle. Maman est venue m'aider. J'ai porté plainte contre Jérémy, et je refuse de lui donner ma fille tant que je ne saurai pas ce qui s'est passé. Léa a vu des psychiatres qui racontent n'importe quoi. Pour eux, il n'est rien arrivé de spécial.

Macha ne sait qu'en penser. Elle souhaite bon courage à Murielle avant de couper la communication. Son père l'appelle aussitôt après.

— Arnaud a été convoqué par le juge Paulan, lui annonce-t-il. Il a nié avoir renversé la petite Caroline, et il a été relâché au bénéfice du doute.

— Ah bon ! Quelle explication a-t-il donnée pour justifier la présence de son ADN sur la pièce à conviction trouvée dans le fossé ?

— Il admet que c'est probablement sa voiture qui a renversé Caroline. Il a déclaré le vol le 7 mai, le lendemain de l'accident. Il est possible en effet que ce n'ait pas été lui le chauffeur. Il pouvait s'agir du voleur. Ça se tient !

Macha pousse un gros soupir. Comment trouver la preuve ? Et puis, s'il est coupable, comment Arnaud peut-il nier et supporter ce poids sur la conscience ?

— C'est comme ça, ajoute le divisionnaire. Peut-être aurais-tu été bien inspirée de ne pas réveiller cette histoire...

— Je ne regrette pas de l'avoir fait.

— Soit. Concernant Benoît, je suis en train de faire localiser les appels. Mais avec l'administration il ne faut pas être pressé. Et, puisque je te tiens, j'en profite pour t'annoncer une autre nouvelle : j'ai décidé de prendre ma retraite anticipée.

— Toi ? s'étonne Macha. Je n'y crois pas.

— Si. J'ai envie de vivre à ma guise tant que je suis en

pleine forme. Je n'ai pas l'âme d'un martyr du travail. J'ai plein de projets, et il est temps de les réaliser.

Macha reste perplexe, ne trouvant pas les mots pour répondre à cette incroyable nouvelle. Qu'est-ce que cela signifie ? Son père ne renonce quand même pas à sa situation pour se consacrer à sa collection de timbres ! Il a donc une autre idée derrière la tête. Virginie aurait-elle encore réussi à le convaincre ?

— Et qu'est-ce que tu vas faire ? finit par demander Macha. Je te vois mal couler des jours paisibles dans une petite maison retirée...

— J'ai des projets, je te dis ! Une nouvelle vie m'attend.

Les soupçons de Macha se confirment.

— Tu comprends, ajoute-t-il, Virginie a très mal vécu la garde à vue d'Arnaud. Tu la connais. Avec son tempérament dépressif, je redoute qu'elle ne fasse une bêtise.

Macha se contient pour ne pas exploser. Virginie, encore Virginie et toujours Virginie ! Cette espèce d'égocentrique a fait son caprice, et Bernard Montès cède une fois de plus ! Mais quelle faille peut donc fragiliser à ce point un homme de cette trempe pour qu'il se laisse diriger par une femme aussi quelconque, aussi cupide, aussi grossière, et mythomane de surcroît ?

— C'est donc ça, murmure Macha.

L'évocation de sa belle-mère la met toujours de très mauvaise humeur. Et puis Benoît lui manque. Son absence lui rappelle le moment dramatique où, lorsqu'ils étaient enfants, on avait décidé qu'ils ne devaient plus fréquenter la même école, afin qu'ils apprennent à vivre séparément. Certes, si Macha est toujours seule, ce n'est pas parce qu'elle préfère par-dessus tout la compagnie de son frère. Il lui semble cependant que vivre avec un homme ne peut se concevoir sans la proximité de Benoît. Or, depuis qu'il a disparu, Macha a le sentiment que celui-ci lui échappe, qu'il lui tourne le dos pour une femme beaucoup plus redoutable que Murielle.

De retour chez elle, elle trouve dans sa boîte aux lettres un avis de recommandé. Elle a tout juste le temps d'aller chercher le pli à la poste. Après une longue attente, on lui remet enfin son courrier, qu'elle décachette en rentrant à son appartement.

Il lui a été adressé par Me Legeron, notaire à Porquerolles.

> *Après le départ, le 30 septembre dernier, de M. Ange Benotti, gérant des biens de Mlle Agnès Montès sur l'île de Porquerolles et face à l'urgence de régler un grand nombre d'affaires demeurées en suspens, j'ai confié, à sa demande, la gestion du domaine à M. Bernard Montès, frère de la propriétaire décédée. Il devra gérer le camping, le village de vacances de Notre-Dame, et ce jusqu'à la liquidation de l'héritage, prévue le 24 décembre prochain.*

Macha pose la lettre sur son bureau et ferme la fenêtre. Au bout de la rue, des travaux gênent la circulation. « Mon père se met donc en retraite anticipée pour retourner à Porquerolles ? se demande-t-elle. La louve Virginie va entrer dans la bergerie d'où elle n'est pas près de se laisser chasser… Une fois installée sur l'île, elle saura manœuvrer son mari pour parvenir à ses fins… » Macha croyait pouvoir la terrasser en prouvant la culpabilité d'Arnaud, elle n'a fait qu'aiguiser les griffes de cette espèce de rapace.

— Bon, dit la journaliste à haute voix, le tout, c'est de ne pas se laisser faire.

Comme chaque fois qu'elle est tracassée, elle va rendre visite à sa mère qui se fait beaucoup de souci pour Benoît.

— Libre à lui d'aller où il veut, mais il pourrait nous donner des nouvelles, rassurer ceux qui l'aiment ! s'indigne Anne-Sophie lorsque sa fille arrive.

— Il m'en a donné. Je l'ai eu au téléphone et je t'assure qu'il allait très bien.

— Alors, qu'est-ce qui lui a pris ?

— Je pense qu'il nous cachait quelque chose depuis longtemps !

Macha s'est réfugiée dans cet appartement où elle a grandi parce qu'elle ne supportait pas la solitude chez elle. Pendant des années, les jumeaux ont estimé que Porquerolles ne les concernait pas, pourtant, ce soir, l'annonce du départ de son père pour l'île de sa petite enfance, ajoutée à l'absence de son frère, donne à la jeune femme la désagréable impression qu'elle sera toujours la sacrifiée de la famille, que rien de bon ne lui arrivera jamais.

Anne-Sophie sort d'un tiroir de son bureau une grande enveloppe dont elle extrait un carnet assez épais.

— C'est le journal de la tante Agnès. Elle me l'a confié deux jours avant sa mort. Je l'ai parcouru. Il n'y a rien de bien important, si ce n'est la détresse, en fait, de cette femme qui semblait joyeuse et toujours prête à une nouvelle excentricité. Ça m'a fait me poser beaucoup de questions sur la haine.

— Tante Agnès n'était pas quelqu'un de haineux, réplique Macha. Ce qui l'opposait à papa, ce n'était pas de la haine, mais un amour qu'il n'a cessé de contrarier. Car au fond elle savait que papa avait été mis à l'écart de Porquerolles ! Et c'est pour ça qu'elle avait demandé que la gérance lui soit proposée après le départ en retraite de M. Benotti.

— Certes, mais ils se disputaient tout le temps aussi et surtout parce qu'ils étaient de nature et de tempérament totalement opposés. Quand il a appris la vente de Porquerolles, ton père est parti dans une colère monstrueuse, et j'ai eu toutes les peines à l'empêcher de faire une bêtise. Le véritable ressort de cette affaire, c'est la haine acharnée que lui vouait Georges.

— Mais pourquoi ? Au tout début, ils s'entendaient bien, il me semble. Et puis, quand nous avions quatre ans, vous nous avez dit que nous n'irions plus jamais passer les vacances à Porquerolles. Et nous n'y sommes pas retournés.

— Ton grand-père a toujours considéré ses enfants comme sa propriété. Déjà, lorsque ton père m'a présentée à lui, il a fait une tête longue comme ça. Je n'étais pas celle qu'il aurait voulue pour son fils. Mais la brouille est survenue plus tard, et je n'en connais pas la cause. Après, Georges a reporté toute son affection sur Agnès, et c'est pour ça qu'il ne lui a pas laissé épouser Jean Barthes.

— Tu crois que son accident a été provoqué ?

— Je ne sais pas. Disons que l'accident mortel de Jean est arrivé à point nommé pour les affaires de Georges.

Macha prend le carnet de sa tante. Elle ne connaît de son père que l'homme distant, toujours préoccupé par son métier, très peu disponible pour ses enfants, qu'il prenait malgré tout chez lui un dimanche sur deux. Macha et Benoît devaient alors supporter les frasques du petit Arnaud, très mal élevé, et les méchancetés de Virginie que leur père ne remarquait pas.

De retour chez elle, Macha s'installe sur son canapé pour feuilleter le carnet que sa mère lui a donné. Les pages sont couvertes d'une écriture fine et serrée, sans rature, parfaitement régulière, ordonnée, inattendue pour une femme en apparence si brouillonne. Agnès changeait en effet d'avis en un clin d'œil, s'enthousiasmait pour un rien, aimait ou haïssait avec perte et fracas, mais toujours de manière apparemment superficielle, sans se laisser affecter. Pourtant, ses écrits sont surprenants.

> *Jean était tout pour moi. Le grand amour. Irremplaçable. Avec lui, j'échappais au carcan familial, à la pression constante que mon père exerçait sur moi. Mon père voulait tout vérifier, tout ordonner, et avant tout mes fréquentations. Il faisait de même avec Bernard, pourtant, ce qui aurait dû nous rapprocher, mon frère et moi, nous opposait chaque jour un peu plus. C'était un curieux personnage, mon père. Un patriarche qui n'acceptait aucun conseil, un autocrate. Il fréquentait le milieu marseillais et ne s'en cachait pas. Que s'est-il passé avec Bernard ? Pourquoi ont-ils commencé à se haïr ainsi du jour au lendemain ? Sans se préoccuper des larmes de notre mère, mon frère a quitté Porquerolles sans que je sache pourquoi. Le vieux Fredo, qui travaillait au domaine depuis de nombreuses années et avait sa confiance, m'a raconté qu'il lui avait dit qu'il partait comme un mendiant, les poches vides, mais qu'il reviendrait en patron.*
> *Mon père est-il à l'origine de l'accident de Jean, qu'il détestait ? D'un autre côté, je me suis toujours dit que Bernard avait tout intérêt à ce que je n'aie pas d'enfants, pour qu'il puisse récupérer Porquerolles. Mais Bernard est droit, et je ne le crois pas capable d'un tel calcul, ni d'un tel acte. Quoi qu'il en soit, cet accident peut-il être la cause de la brouille ?*

Macha pose le carnet à côté d'elle sur le canapé. Elle garde de son grand-père le souvenir d'une silhouette rigide, marchant droit, d'un visage maigre dont les lèvres fines sous une large moustache ne riaient jamais. Sa voix forte et impérieuse tonne encore dans sa mémoire. Elle se souvient aussi qu'à sa mort, Bernard n'a pas eu le moindre battement de cils. Il s'est contenté de lâcher : « C'est bien fait ! » et de partir à son bureau.

— Maintenant, on est seuls au monde ! répète Azza en souriant, comme si c'était pour elle une très bonne chose.
— Ça m'inquiète, rétorque Benoît. Si les motards nous trouvent, on risque de passer un mauvais quart d'heure...
— On va se débrouiller pour qu'ils ne nous trouvent pas. Je crois que ton séjour ici va être plus long que prévu. Si tu veux préserver ta carte, le mieux, c'est peut-être de la cacher quelque part, dans une grotte par exemple, et d'attendre tranquillement le 24 décembre.
— Tu n'y penses pas ! Je ne vais pas rester ici jusqu'au 24 décembre !
— Ah bon ? On verra. En tout cas, en attendant, il faut qu'on trouve le moyen d'échapper à ceux qui veulent te faire ta fête.

Ils pénètrent dans un bosquet sombre. En moins d'une heure, le ciel s'est alourdi de nuages menaçants ; le froid pique les joues et les mains nues.

— Ici, l'hiver arrive d'un coup, en un jour ou deux, et il reste jusqu'au mois de mai, explique Azza. Ça peut nous rendre service.

Ils marchent sur le sentier qu'ils devinent entre les grandes herbes sèches et les ajoncs. La brume est tombée, un mur blanc les isole, les enferme dans une cage qui se déplace avec eux.

— C'est qu'on va finir par se perdre ! dit Azza en s'arrêtant au sommet de la colline. Je ne sais plus où je suis ! Et avec ce froid, on ne peut pas se permettre de passer la nuit dehors. Dépêche-toi. Il ne faut pas traîner.

Elle part devant ; Benoît lui emboîte le pas, l'esprit vide alors qu'il pourrait courir vers la route et arrêter la première voiture pour rentrer chez lui. Le baiser d'Azza est toujours présent sur ses lèvres. Il a fait de lui un autre Benoît Montès, différent du jeune avocat, ensorcelé, ou plutôt réconcilié avec une partie de lui-même laissée dans l'adolescence, naïve et sincère, entière.

— Allons vite chercher du bois pour cette nuit, propose Azza lorsqu'ils ont enfin retrouvé leur grotte. La neige ne va pas tarder à tomber. Demain matin, on retournera faire les courses à L'Hospitalet. On en a pour une partie de la journée. Tu viendras avec moi pour m'aider à porter les sacs. J'ai réfléchi à ce que nous devrons acheter. Après, on pourra tenir un siège, et c'est ce qu'il faut ! Parce que, quand la neige tiendra, il ne faudra plus compter sortir.

— Oui, mais ceux qui nous cherchent ?

— S'il neige, les motards ne feront pas les malins sur les rochers gelés. Reste le berger avec son chien. Celui-là, il ne me plaît pas. Souhaitons-lui de se casser la jambe ! En tout cas, par mesure de sécurité, ta carte, tu dois la cacher. Nous serons les seuls, toi et moi, à savoir où elle se trouve. J'espère que la neige va tomber très vite.

Plus haut, la brume, moins épaisse, laisse voir la cime des arbres et le bout du sentier qui se poursuit sur une crête.

De retour dans la grotte, elle dépose son fagot de branches mortes près de l'âtre éteint, puis jette un regard complice à Baptiste, qui lui sourit, comme toujours.

— Toi, au moins, tu n'es pas compliqué ! murmure-t-elle en arrangeant les restes de bois calciné, puis, se tournant vers Benoît : qu'est-ce que tu veux manger, ce soir ? J'ai des pâtes, des gésiers confits, une terrine et du pain de mie que je peux faire griller sur le feu. Ça te va ?

— Tout me va, murmure Benoît, qui ne se sent pas en sécurité.

Il la regarde aller et venir près du feu. Chacun de ses gestes est plein d'une féminité, d'une délicatesse qu'il n'avait pas voulu remarquer avant. Par moments, Azza repousse ses cheveux qui roulent sur son visage. À quoi pense-t-elle ? À qui ? À Tanguy ? À ses parents qui la cherchent ?

— Ta mère doit se faire du souci pour toi, tu ne penses pas ? suggère Benoît. Et ton père a peut-être compris, maintenant… Il pourrait renoncer à ses projets.

Elle tourne vers lui son regard que les flammes éclairent d'une lueur changeante.

— C'est triste pour ma mère, mais je n'y suis pour rien, ce n'est pas moi qui ai commencé. Mon père, ce n'est pas un mauvais homme, mais il n'imagine pas qu'on puisse échapper aux coutumes. Pour lui, c'est la seule manière d'être un bon enfant de Dieu et de trouver le bonheur ici et ailleurs.

— Donc, demain, tu vas aller faire les courses parce que tu redoutes que la neige nous bloque ici, c'est ça ?

— Oui.

— Moi, je n'en peux plus. Si on va à L'Hospitalet, j'en profiterai pour téléphoner à ma sœur, qui viendra me chercher. C'est trop risqué avec ces motards aux fesses. Je mettrai ma carte dans un coffre de banque, et comme ça personne ne pourra me la prendre.

Sans lever les yeux des tranches de pain qu'elle tient sur les flammes au bout d'une baguette de noisetier, Azza réplique sur un ton sans appel :

— Je n'ai vraiment pas eu de pot de tomber sur un mec comme toi. Tu me fatigues, avec ta sœur et ta carte et ta copine. Qu'est-ce que tu attends ? Vas-y ! Va les retrouver, les femmes de ta vie ! Qu'est-ce qui te retient ? Mais ne crois pas que tu échapperas aux motards.

Puis elle ajoute sur le ton de la menace :

— À Marseille, ils te trouveront, ils t'exploseront la gueule, et tu seras bien obligé de leur dire où tu l'as planquée, ta carte ! Mais c'est peut-être ce que tu veux, plutôt que de rester bien tranquillement avec moi ?

— Attends, il y a des flics pour protéger les citoyens !

— Pauvre Benoît ! Tu ne sais vraiment rien du monde dans lequel tu vis !

Les yeux au ciel, Azza hausse les épaules, puis reprend sur un ton moqueur :

— Rien ne sert de faire le beau face à l'avalanche. Tu n'es pas le plus fort. Tu es encore un gamin, en fait.

Cette assertion pique Benoît au vif. Azza a le chic pour le mettre face à ses faiblesses. Conscient de sa passivité et de ce qu'il ne veut pas admettre, il se lève vivement et explose :

— Et toi, tu n'es pas une gamine, peut-être ? Quel âge tu as pour me dire ça ? Pour qui tu te prends ?

— Il va falloir que tu changes de ton, parce que s'il y a une chose que je déteste, c'est bien les petits roquets qui aboient mais qui s'enfuient à la moindre alerte !

— Et toi, tu vas me parler autrement parce que je n'ai pas l'intention de me laisser humilier par une fille qui a sept ou huit ans de moins que moi ; j'ai passé l'âge !

Azza se redresse et se place face à Benoît. Sur les brindilles, une petite flamme hésite, puis finit par mourir dans un bruit d'étoffe froissée et un panache de fumée bleue.

— T'as passé l'âge ? Tu te prends pour un cador parce que t'as fait des études de droit alors que t'es même pas capable de mettre un pied devant l'autre et de trouver ton chemin ? Tu mériterais que je te plante là, espèce de petit morveux ! Allez, va la retrouver, ta sœur. Va retrouver ta maman ! Pauvre con, va !

Une gifle claque. Les cheveux noirs s'envolent puis retombent sur le visage d'Azza, stupéfaite.

— Tu as osé ? s'écrie la jeune fille d'une voix étranglée. Tu as osé ? Tu es donc aussi un mufle ?

Benoît est abasourdi par son geste. La main qui vient de frapper lui fait mal, une douleur qui exprime ce qu'il tente de refuser.

— Bien sûr, poursuit Azza, évidemment ! Quel courage ! Tu frappes une fille de dix-huit ans, une petite Arabe exilée dans la montagne, une moins que rien. Tu aurais giflé une fille de ton milieu ? Une bourgeoise ? Je ne crois pas. Et face à Tanguy, tu n'aurais pas bronché non plus ! Vrai, tu es un grand courageux !

Benoît est atterré. Il bredouille, puis finit par murmurer :
— Pardonne-moi.

Il lui tend les bras et elle s'y précipite, posant sa joue trempée de larmes contre celle de Benoît qui la serre contre lui, toute colère oubliée. En un instant, le monde devient doux, tendre et tiède. Mais Azza se reprend.

— Il ne faudrait pas qu'on prenne l'habitude ! dit-elle d'une voix très douce.

Elle fait un pas pour attiser le feu. Une flamme se forme à nouveau sur la tige sèche de noisetier. La tête penchée, les cheveux devant les yeux, elle dispose le bois avec précaution, en mesurant ses gestes, comme pour ne pas leur donner une amplitude qui trahirait ses sentiments. Puis elle sort et remplit d'eau la casserole.

— Finalement, dit-elle en revenant, ce sera pâtes pour tout le monde. Si tu veux des gésiers, tu ouvres la boîte ; moi, je renonce.

Benoît prend la conserve et en découpe maladroitement le couvercle. Une fois les pâtes cuites, Azza les égoutte tant bien que mal, y ajoute les gésiers et mélange le tout à l'aide de deux tiges de bois.

— Mange pendant que c'est chaud ! dit-elle.

À défaut de fourchettes, Azza a coupé des baguettes d'olivier. Cela donne à leur repas de fortune une tonalité chinoise, ce qui évoque à Benoît le restaurant asiatique de sa rue, où il allait de temps en temps avec Murielle. Les tentures aux couleurs vives, la lumière tamisée… Il secoue la tête comme pour chasser un souvenir qui n'a pas sa place ici.

À la fin du repas, Benoît sort pour nettoyer la casserole, puis recharge le feu tandis qu'Azza s'allonge sur un lit d'herbes sèches recouvertes par sa robe. Benoît s'accroupit auprès d'elle et caresse son front brûlant à la peau claire, puis sa joue. Azza ferme les yeux. Enhardi par ce qu'il interprète comme une invitation à aller plus loin, il pose ses lèvres sur celles de la jeune fille qui répond au baiser, glisse sa main droite sur la nuque de Benoît, d'abord comme une caresse, puis pour le retenir, avant de le repousser doucement.

— Je ne veux pas ! murmure-t-elle.

— J'aimerais que tu me pardonnes pour tout à l'heure.

— Tu es pardonné. Maintenant, éloigne-toi, c'est mieux si on veut dormir.

— Je voudrais passer la nuit près de toi.

Elle s'assoit et le regarde droit dans les yeux.

— Si tu cherches à profiter de moi, à t'envoyer une gamine pour repartir demain en sifflotant, je ne suis pas d'accord.

— Non, Azza. Non, tu te trompes.

C'est la première fois qu'il prononce son nom. Azza. C'est plus facile à dire qu'il ne le pensait, c'est rond comme un galet lissé par l'eau d'un torrent. Azza ! Un bonbon un peu acidulé qu'on garde sous la langue pour sa fraîcheur.

— Non, je ne cherche pas une aventure facile. Tu sais, jusque-là, j'ai surtout vécu avec ma sœur. Elle et moi, on fait un peu une seule personne en deux corps. C'est ce qui nous a retenus l'un et l'autre. Je n'ai connu que deux femmes. Une étudiante pendant ma dernière année de droit, et Murielle. J'ai toujours eu l'impression d'être lamentable.

— Même avec Murielle ?

— Surtout avec elle. Comme si elle n'était pas pour moi, comme si je n'étais pas à ma place auprès d'elle.

Azza l'écoute, assise, les jambes repliées sous son menton. Sur son visage, seuls ses yeux de charbon bougent. Il semble y passer des pensées aussi fugitives que des ombres.

— Murielle est autoritaire, directive. Elle ne supporte pas qu'on la contredise et veut toujours être la première. Au début, ça m'allait, parce qu'elle décidait de tout et que je n'avais pas à me poser de questions. Mais maintenant...

— Tanguy, lui, c'est un gentil garçon, l'interrompt Azza pour donner le change. Mais il est trop possessif. Il me veut tout le temps et pour lui seul. Il est jaloux de mes copains de la fac. Il se sent inférieur à eux parce qu'il n'a pas fait d'études : il est cuisinier. Il a l'impression d'être moins que les autres, alors qu'il les vaut largement !

Une branche restée sur les braises s'enflamme, éclairant le visage d'Azza d'une lumière soudaine et vacillante.

— Et puis ce que je n'aime pas, ajoute-t-elle, c'est qu'il fait du chantage pour obtenir ce qu'il veut. Il me dit que si je l'aimais vraiment, je ne me refuserais pas à lui.

— C'est probablement vrai.

— J'ai beau lui répéter que je ne suis pas tout à fait comme les autres filles, il ne veut pas l'admettre.

— En quoi tu ne serais pas comme les autres filles ?

— J'ai eu une éducation très rigide, et il en reste quelque chose. Il paraît que toutes les filles de mon âge font l'amour avec leur copain. Pas moi. La vérité, c'est que je suis vierge.

Azza se sent rassurée d'avoir pu formuler cette dernière chose. Au moins, Benoît sait à quoi s'en tenir, et elle se méfie de ses propres réactions. La nuit dernière, elle a rêvé qu'elle était enlacée à un jeune homme. Ce n'était pas Tanguy, ce n'était pas Benoît, mais un peu des deux. Sentir le poids du corps d'un homme, un sexe contre son ventre était délicieux. Dans son rêve, elle gémissait. Quand elle s'est réveillée, elle s'est demandé si Benoît ne l'avait pas entendue.

— Je serai la femme d'un seul homme, déclare-t-elle, solennelle. Celui à qui je me donnerai pour la première fois sera le seul, celui que j'aurai choisi pour la vie.

— C'est romantique, objecte Benoît en souriant, mais peut-être un peu naïf. De nos jours, rares sont les couples qui durent toute une vie.

— Eh bien moi ce sera comme ça. Parce que je n'ai pas de place dans mon cœur pour les amours de remplacement comme ta Murielle.

— Et si l'homme que tu as choisi te trompe ou te quitte ? Tu resteras seule, désespérée à tout jamais ?

— Je verrai. Pour l'instant je n'en suis pas là.

Benoît s'allonge, mais Azza déplace sa couche d'herbes dans un recoin de la grotte.

— C'est mieux comme ça, dit-elle. On ne se gênera pas. D'autant que tu ronfles comme un sonneur.

Benoît n'insiste pas. Les heures défilent dans un silence pesant. Le feu s'est éteint quand un piaillement strident déchire la nuit, poignant dans la pénombre immobile.

Benoît se lève vivement, sur la défensive. Azza redresse la tête, puis reprend sa position alanguie.

— Un pauvre merle a dû se faire surprendre. Les oiseaux de nuit savent que l'hiver arrive et font des provisions, dit-elle sur un ton évasif.

— Je ne peux pas m'empêcher de penser aux motards qui vont sillonner la montagne et au berger qui va forcément nous retrouver avec son chien, explique Benoît. Je n'arrive pas à dormir.

— Ne t'inquiète pas, on a une longueur d'avance sur eux, répond Azza en bâillant. Dors. On verra demain.

Elle a parlé comme si la menace la concernait elle aussi, comme s'il n'était plus question qu'il doive partir.

Le jour se lève, révélant Benoît pris dans une torpeur entre le sommeil et la veille. Azza s'étire, se lève et regarde au-dehors.

— Il neige ! s'écrie-t-elle, c'est exactement ce que je voulais ! Le chien ne pourra plus nous trouver. Par contre, c'est le moment d'aller faire les courses. Tant que ça tombe, nos traces s'effacent. Alors que plus tard...

Elle grelotte. Benoît décide donc d'allumer le feu. Lorsque les flammes montent enfin sur les branches qui craquent, elle tend ses mains pour les réchauffer.

— Il va falloir trouver des duvets et des vêtements chauds. On ne tiendra pas longtemps avec le mistral qui va se lever dans la journée.

Benoît se demande comment Azza peut connaître aussi bien la région et prévoir sans se tromper la neige ou le vent.

— J'ai passé mon enfance près de Forcalquier, dans une cité en bordure de la ville, lui explique-t-elle en voyant son air étonné. Derrière, c'était la campagne. J'ai grandi dans ces bois, et j'ai eu tout le loisir d'apprendre des choses que les gens de ton espèce ne soupçonnent même pas ! Allez, marchons vite, ça nous réchauffera.

Benoît se met sur ses jambes. Ses mollets lui font mal, ses bras craquent aux articulations. Il se sent lourd, semblable à un gros scarabée coincé sur le dos et agitant ses pattes.

— Bouge-toi, l'encourage Azza. Profitons-en ! Dans la neige, les motos ne passeront pas.

— J'ai mal aux jambes.

— Ce n'est rien. Tu es un peu rouillé. Quand tu auras marché ça ira mieux !

Il neige de plus en plus fort. De lourds flocons forment un mur blanc qui cache les collines. Se diriger ainsi n'est pas facile. Azza marche pourtant d'un bon pas.

— On retourne à L'Hospitalet. C'est le plus près. Il faut contourner cette colline. Suis-moi.

Elle pousse un petit rire machinal qui ressemble à un gloussement. La neige blanchit le sentier, s'accroche aux buissons, faisant peser sur la terre une blancheur opaque. L'air pique, les flocons mordent la peau nue des joues. Benoît, qui aimait tant l'hiver dans les stations de ski, en mesure toute l'agressivité.

— Eh oui, ce n'est pas Courchevel ! plaisante Azza. Ici, les petits plaisirs de l'hiver deviennent des corvées !

Il concentre ses pensées sur le mouvement de ses jambes, sur ses pieds lourds et froids, sur les pierres glissantes.

— C'est parti pour durer ! ajoute Azza en tendant la main devant elle. Tu vois comme le ciel paraît plein de cendres à l'horizon ? Ce n'est pas bon signe.

Murielle doit être dans son cabinet en train d'accueillir son premier patient. Macha, elle, est sûrement en train de lire les journaux. C'est dans les potins, les nouvelles de rien qu'elle trouve la plupart du temps ses sujets de reportage. Tout est tellement loin. Ce matin, Benoît a l'impression que ce n'est plus son histoire. Qu'il est né ici, dans cette montagne, avec Azza qui, depuis toujours, marche devant lui d'un pas décidé.

— Quel jour sommes-nous ? Tu le sais ? lui demande-t-il.

— Regarde ta montre.

— La pile est cuite. Quand je suis arrivé ici, tout s'est déglingué.

Et ce dérèglement va bien au-delà des piles et batteries épuisées, et même des motards qui sont peut-être à sa recherche en ce moment. Il tend l'oreille pour capter les bruits dans le lointain, mais la neige étouffe tout.

— Qu'est-ce que ça peut te faire, la date ?

— J'aime bien la connaître.

— Moi, je m'en fous un peu.

— Aux courses, on regardera sur un journal.

Le journal ! Voilà des jours que Benoît n'est plus au courant de la moindre information, ne sait plus rien du monde. Une bombe atomique pourrait avoir rayé l'Amérique de la carte, il l'ignorerait. Que se passe-t-il en France ? Où en est-on de la crise économique, de la campagne électorale ? Des sondages ? Il a l'impression d'avoir quitté Marseille depuis une éternité. Le monde a disparu, lui-même a disparu.

Ils marchent depuis deux heures et la neige tombe toujours. À mesure qu'ils descendent des hauteurs de Lure, elle se transforme en une pluie froide qui transperce les vêtements.

— Bon, c'est mieux si j'y vais seule, puisque tu es recherché. Attends-moi là et fais attention à ne pas te montrer. Les mecs qui te poursuivent pourraient être dans le coin. Je reviens tout de suite.

Azza s'éloigne, et Benoît reste un long moment à regarder autour de lui, puis il s'aventure dans la direction prise par la jeune fille. Une route conduit aux premières maisons d'un village coincé dans une étroite vallée. Au-dessus d'un tilleul dont les dernières feuilles s'accrochent aux branches, un clocher exhibe son coq gaulois. L'horizon est blanc, mais ici, dans le dernier bastion occupé par les hommes avant le règne du minéral, du froid et de l'inertie, c'est seulement la fin de l'automne. Une voiture passe, entre dans le village où le bruit du moteur se perd. Un chien aboie ; sur le bord de la route deux promeneurs s'arrêtent pour bavarder. L'un d'eux tend sa canne vers les collines. De quoi parlent-ils ? De la neige qui recouvre déjà les cimes ou de ces inconnus aperçus au détour d'un sentier par un promeneur ? Benoît sent peser sur lui le poids d'un grand risque. Le mieux serait sans doute de mettre fin à cette aventure, d'entrer dans le bar du village et d'appeler Macha. Pourtant, il n'en fait rien.

Azza traverse le village, portant des sacs trop lourds pour elle. Les vieux la regardent d'un air entendu : encore une fille qui squatte quelque part dans une ferme abandonnée ! Mais que fait la police ?

Lorsqu'il la voit franchir le virage et bifurquer vers le bois. Benoît court au-devant d'elle. Elle pose les sacs et prend un air étonné.

— J'aurais parié que tu étais parti !

— Eh bien non, tu vois. Mais dis donc, tu as fait des courses pour un régiment, s'étonne Benoît en jetant un regard à l'intérieur des sacs. Qu'est-ce que tu veux faire de tout ça ?

— Je te l'ai dit. Quand la neige tombe en montagne, ça peut durer longtemps. Il va en tomber encore beaucoup, et on ne pourra plus se déplacer pendant des jours, peut-être même des semaines. Au fait, tu me dois de l'argent.

— C'est pour quoi, ce rouleau de fil de fer ?

La jeune fille éclate de son rire gai où résonnent des intonations d'enfance.

— Avec ça, on va pouvoir manger de la viande !

— Grâce à du fil de fer ?

— Tu verras. N'oublie pas que la petite Azza vivait au bord de la forêt, et qu'elle a bien appris les leçons qu'on lui a données.

Benoît prend les sacs, très lourds, et ils repartent. Azza passe devant. Allègre, légère, elle semble heureuse d'avoir gardé son compagnon de hasard. Ils retrouvent vite la neige. Alors qu'elle fend la couche blanche encore peu épaisse, lui se traîne, plombé par le poids des provisions, et aussi par la désagréable impression qu'il ne sait plus ce qu'il veut, et même qu'il tourne le dos à son propre intérêt. À mesure qu'ils montent, le froid augmente. Au sommet de la colline, un troupeau de chevreuils s'éloigne à vive allure.

— Ils ont compris. Ils descendent vers les vallées.

Rien de ce qui touche à la nature n'échappe à Azza.

— Tu as vu comme je sais regarder ce que tu ne vois plus à force de vivre en ville ? Et je n'ai pas fini de t'étonner...

— Il y a une grotte, ici, annonce-t-elle au détour d'un amoncellement de rochers, avant de s'engager sur un petit sentier invisible entre des ajoncs. On va s'y installer. Les motards ne viendront pas jusque-là. En plus, le vent souffle tout le temps. Dans quelques minutes, nos traces ne se verront plus sur la neige.

L'entrée est bien cachée derrière un gros rocher ocre couvert d'un chapeau blanc.

— Dedans, c'est pas mal, je suis venue plusieurs fois. Mais pour la corvée de bois ce sera un peu plus difficile, il faudra descendre dans la forêt un peu plus bas ; je compte sur toi.

Benoît pose les sacs avec soulagement. La jeune fille déballe les provisions et les range sur une petite plateforme rocheuse qui fera office d'étagère. Elle sort enfin une couverture qu'elle déplie pour en estimer la taille.

— Elle n'est pas très épaisse, mais on fera avec.

Elle adresse à Benoît son sourire radieux. Dans le regard d'Azza, il lit une tendresse qui lui fait du bien.

— Je t'ai acheté un rasoir pour que tu retrouves un visage humain. En attendant, rends-toi utile au lieu de me regarder faire. Va donc chercher du bois. Regarde, j'ai trouvé ça, l'autre jour, dit-elle en lui tendant une hache, ça t'aidera. Il faut faire des réserves, parce que la neige va tomber toute la nuit et que demain tout sera recouvert et mouillé.

Sans un mot, Benoît prend l'outil, et ils sortent. La brume est tombée, d'un coup.

— Je connais bien les bergers, dit la jeune fille. Ils suivent leurs troupeaux tout au long de l'été et vont toujours aux mêmes endroits : là où l'herbe est le plus épaisse. Donc ils ne savent rien de la montagne à cailloux, du désert, comme ici.

Elle a pris le rouleau de fil de fer et des pinces. Benoît le remarque, mais ne pose pas de questions. À l'orée d'un bois de petits chênes et d'aubépines, Azza s'assoit sur une pierre et coupe un morceau de fil de fer.

— Qu'est-ce que tu fais ? lui demande enfin Benoît.

— Il faut tout t'expliquer ! réplique Azza en levant sur lui un regard excédé. Je vais poser des pièges pour attraper des lapins. Il y en a partout ! Tu n'as pas remarqué ?

— Comment tu sais ça ?

— Franchement, t'es vraiment aveugle . Imagine une

catastrophe qui détruirait tous les supermarchés ! Toi, qu'est-ce que tu mangerais ?

Elle coupe plusieurs longueurs de fil, forme une boucle à une extrémité et enroule le tout avec précaution.

— Viens, je vais te montrer.

Ils traversent le bosquet pour arriver au bord d'une pente caillouteuse parsemée de touffes d'herbes dépassant encore de la neige.

— Les lapins n'ont rien d'autre à manger, alors cette nuit ils viendront se prendre dans mes collets.

— Comment tu peux en être sûre ?

— Les lapins suivent toujours les mêmes petits chemins. Si je place mes pièges correctement, ils se prendront dedans, c'est sûr !

— Mais comment tu sais tout ça ?

— Dans ma cité, on se débrouillait. Et puis moi, j'ai jamais trop aimé jouer à la poupée. Alors je suivais les garçons, et surtout le vieux Bachir. Il savait tout du braconnage et je n'étais pas une mauvaise élève...

— Une fille qui braconne ! On aura tout vu !

— Tu peux t'en féliciter. La fille qui braconne va bien améliorer ton ordinaire.

— Je déteste le lapin ! affirme Benoît qui n'a pas oublié l'horrible goût de celui qu'Azza lui a fait manger sans sel.

La jeune fille avance lentement dans le petit sentier qui serpente entre les touffes d'herbes, et s'arrête devant une aubépine aux feuilles rousses.

— Là, c'est pas mal.

Elle forme un nœud coulant et le dispose sur le sol dans le sentier, puis attache l'autre extrémité à une branche de l'arbuste.

— Je suis certaine que demain il y aura un lapin. On va quand même disposer d'autres collets. Là. Là. Et aussi là, conclut-elle en se frottant les mains. Demain, on aura de la viande.

De retour dans la grotte, Azza chantonne, satisfaite. Benoît, lui, est sombre. Il dépose à côté du feu le bois mort qu'il a ramassé. Azza prépare le foyer avec des gestes méthodiques.

— J'ai mis de l'eau à tiédir, tu vas pouvoir te raser.

Sans un mot, Benoît sort le rasoir de son emballage, s'asperge le visage d'eau tiède, puis se rase en grimaçant.

— Je n'avais pas assez d'argent pour acheter de la mousse, précise la jeune fille. J'ai préféré te prendre ce pull.

Elle lui montre un lainage aux couleurs bigarrées.

— C'est horrible ! s'écrie Benoît.

Azza se renfrogne. Ses lèvres s'allongent en une bouderie dégoûtée.

— Excuse-moi, se reprend le jeune homme. C'est vrai que pour ici, ce qui compte, c'est qu'il soit chaud ! Merci d'avoir pensé à moi. D'ailleurs, je te dois de l'argent, dit-il en finissant de se raser.

Azza éclate d'un rire moqueur.

— Tu en as oublié un peu là, fait-elle en posant son index sur la joue droite de Benoît.

— Ce n'est pas facile, sans glace. Tiens, voici cinquante euros. Prends-les, ça fait deux fois que tu fais des courses pour nous deux.

— Finalement, tu n'es pas si mal, une fois rasé. Tanguy serait sûrement jaloux.

— Dis, tu as pensé à prendre un journal ?

— Ben non !

— Comment on va faire pour savoir quel jour on est ?

Azza éclate de rire.

— Je te fais marcher ! On est le 8 décembre, un jeudi !

Benoît s'assoit près du feu qui flambe et pose sa tête sur ses genoux.

— On a laissé Baptiste, mon sac et la carte du coffre dans l'autre grotte. Ce n'est pas prudent.

— On ira les chercher demain matin. Il aura encore neigé. Les motos nous laisseront tranquilles.

À l'écouter, leurs vies semblent liées, leurs destins, unis. Benoît le remarque, et n'a pas envie de protester. Dans ce territoire inconnu, dans ce désert, l'avocat au barreau de Marseille n'a plus rien à dire. Il sait que son patron, que ses clients l'attendent, mais cela disparaît dans une brume qui s'épaissit de jour en jour. Il a enfilé le pull bigarré d'Azza qui se moque de lui.

Ayant allumé le feu, Azza prend dans son sac deux assiettes en carton, deux fourchettes et deux couteaux en plastique, et deux gobelets qui ressemblent à s'y méprendre à des verres.

— Tu vois, ça valait le coup d'aller faire les courses. On va pouvoir manger comme au restaurant !

Cette vaisselle de pacotille les raccroche à une vie ordinaire. Ce confort factice remet Benoît de bonne humeur, d'autant plus qu'Azza ouvre pour lui une boîte de terrine qu'elle étale sur une tranche de baguette bien croustillante.

— Le pain, c'est parce que j'étais en ville. Il n'y en aura pas tous les jours, mais je te ferai du pain de chez nous, sur les pierres brûlantes. Tu verras, c'est très bon.

Benoît lève un regard ravi sur la jeune fille qui ajoute en baissant la voix :

— Je suis heureuse de te faire plaisir, tu comprends ?

Il ne répond pas, puis s'étonne qu'Azza mange de la charcuterie.

— Tu sais, moi, la religion… C'est ainsi. Je crois que Dieu se contrefout qu'on mange du porc ou du lapin, de toute façon.

Benoît sourit. Il est tout à fait d'accord.

— Finalement, tu n'es pas si naïve que ça ! dit-il. On dirait que tu as pas mal vécu…

— Ça dépend dans quel sens. Je n'ai jamais connu d'homme parce que je l'ai choisi. Je ne sais rien du grand monde, mais je sais exactement quelle vie je veux mener. Et j'espère pouvoir y arriver. Il n'est pas utile d'être un intellectuel pour avoir du bon sens et aller à l'essentiel !

Ils terminent leur repas en silence, graves. De temps en temps, ils échangent un regard qui va bien au-delà de ce qu'ils se sont dit. La jeune fille ajoute dans le feu un morceau de bois dont la mousse grésille au contact des flammes. Quand ils ont fini, ils sortent laver les assiettes, puis Azza les dispose contre la paroi pour qu'elles sèchent.

— Même en carton, on peut les laver et les utiliser plusieurs fois.

— J'ai sommeil, répond Benoît. La traversée de la montagne m'a éreinté.

Il attire à lui la jeune fille qui n'oppose aucune résistance. C'est pour le contact de sa peau, de son corps que Benoît est resté dans la montagne, pour cet instant sublime que tout son être réclame. Ils s'embrassent longuement, doucement, puis Benoît s'écarte le premier, conscient que son désir le pousserait au-delà des limites fixées par la jeune fille qu'il ne veut pas décevoir.

Le vent a fait entrer dans la grotte des feuilles mortes qu'Azza dispose pour en faire un matelas de chaque côté du feu, avant de couper en deux la couverture avec un air grave.

— On aurait pu s'allonger l'un à côté de l'autre, explique-t-elle, mais c'est plus prudent ainsi.

Benoît sourit.

— Tu es une fille formidable. Je m'en voudrais de briser notre bonne entente, et aussi ce qui est peut-être le début de quelque chose de bien.

Elle s'écarte, pose une partie de couverture sur le tas de feuilles rassemblées par Benoît et tourne vers lui un visage où roule une larme pleine de la lumière dorée du feu.

— Pourquoi tu dis ça ?

— Je ne sais plus ce que je veux. Toute ma famille me cherche. Ma sœur jumelle doit être très malheureuse, et je reste là avec toi qui m'as fait perdre la raison !

— Allez, dormons. Demain, il aura encore neigé, tranche Azza.

Elle s'allonge face à lui, étale la couverture sur elle puis pose sa tête sur l'oreiller d'herbes sèches enveloppées dans le tissu léger de sa robe.

— Bonne nuit, murmure-t-elle.

Benoît reste longtemps les yeux ouverts sur les flammes qui s'effilochent et meurent lentement dans un panache de fumée odorante. Le silence résonne à ses tempes. La menace de la montagne vide l'isole ; il se sent minuscule, aussi vulnérable qu'un insecte.

— Tu dors ?

Azza vient de parler, et soudain il n'est plus seul face à sa fuite, à sa lâcheté.

— Oui.

— Moi aussi.

Tout à coup, le rire d'Azza envahit la grotte, se brise sur les rochers, se multiplie en une infinité de rires joyeux et moqueurs. Benoît se laisse emporter comme sur un manège coloré dans le soleil de l'été, et il rit à son tour.

— Qu'est-ce qu'on est cons ! déclare alors la jeune fille avec une imprécision éloquente.

C'est vrai qu'ils sont cons de rester ainsi chacun de leur côté, les yeux ouverts sur leur envie de se rapprocher, de se toucher.

— Je peux venir près de toi ? demande Benoît.

— Il n'en est pas question !

Azza s'est ressaisie. Le charme est rompu. Ils reprennent leurs places respectives. Benoît ferme les yeux et s'efforce de penser à Murielle, image fugitive, vite perdue dans le brouillard de son esprit.

La nuit avance. Azza s'est endormie. Benoît écoute sa respiration régulière. Il aimerait se rapprocher d'elle sans bruit et s'enivrer de sa présence, sentir son souffle sur sa peau, mais il n'ose pas. Elle pourrait se méprendre sur ses intentions.

Les heures passent. Azza se réveille avant le jour. Sans un mot elle sort, suivie par Benoît, en peine de lui-même. Les flocons tournoient dans la nuit finissante puis descendent jusqu'au sol ou volettent, légers comme des plumes.

— Viens, on va relever nos pièges.

Azza marche en tête, et sa bonne humeur rend Benoît maussade.

— Le dimanche et pendant les vacances, mon père m'obligeait à le suivre dans des randonnées qui n'en finissaient pas, explique-t-il. Depuis, je déteste la marche en montagne.

— Tu m'as dit que ton père et ta mère étaient divorcés ?

— Oui, ma sœur et moi allions chez notre père un dimanche sur deux. Sa femme, Virginie, n'arrêtait pas de nous dire que nous étions mal élevés.

— Ça doit faire bizarre d'avoir une sœur jumelle, non ?

— Bof, ça ne change pas grand-chose. Et puis je l'ai toujours eue. Alors je ne peux pas dire…

— Moi, je suis l'aînée de cinq filles, et j'ai toujours dû m'occuper de mes sœurs quand ma mère travaillait.

— Avec cinq enfants, ta mère travaillait ?

— Elle faisait des ménages, et mon père travaillait chez

un maraîcher à Forcalquier. Tu sais, avec le recul, je pense que mon père veut que je sois heureuse, mais qu'il ne peut pas admettre ou assumer que je sois différente des femmes de chez lui. Mes sœurs aussi vont le décevoir, c'est sûr. On a toutes grandi en France ; on ne veut pas d'une vie à l'ancienne.

— Mon père à moi, c'est une force de la nature. Un grand type aux épaules larges que personne ne contrarie. Je n'ai jamais compris qu'il ait pu se remarier avec Virginie. Elle est bête à manger du foin. Assez jolie de visage, mais mal gaulée et sans éducation.

— L'amour a ses mystères. On ne sait pas ce qui pousse une personne vers une autre. Ça se passe comme si elles se reconnaissaient, comme si elles retrouvaient une partie d'elles-mêmes, quelque chose qu'elles ne savent pas définir et qui leur manque pourtant.

— C'est possible, admet Benoît qui concentre son attention sur le sol glissant. Je pense que les motards vont abandonner les recherches...

— Faut espérer. Après les collets, on rentrera manger, puis on ira chercher Baptiste. Je n'aime pas qu'il reste seul. Nous, on est vivants, alors on lui doit bien un peu de compagnie.

— Ce n'est qu'une photo, Azza, le véritable Baptiste n'est pas là ! D'ailleurs, on ne sait pas où il est, ni quelles ont été sa vie, ses souffrances...

— Justement, c'est au véritable Baptiste qu'on doit de ne pas abandonner sa photo dans un endroit où il n'est peut-être jamais allé. Dans son moulin, il était chez lui, mais il s'ennuyait. Avec nous, il revit !

Le premier collet est vide, mais dans le second, un lapin s'est fait prendre. Prisonnier par le thorax, le lacet n'a pas joué son rôle d'étrangleur et l'animal vivant se terre entre les herbes. Benoît voit trembler le poil de son dos.

— Pauvre bête !

Azza lui envoie un regard surpris.

— Tu crois que le renard, s'il l'avait trouvé avant nous, se serait gêné pour le dévorer ? Chez les animaux, il n'y a pas de compassion.

— Oui, mais chez les hommes, si. C'est ce qui nous différencie d'eux et ce qui fait qu'on évolue !

— Qu'est-ce que tu racontes ? Les hommes disparaîtront peut-être comme les dinosaures, et d'autres animaux prendront leur place. La compassion, si ça se trouve, c'est ce qui causera la disparition des hommes.

— Non. La compassion, c'est une victoire sur la force brutale, sur la domination du faible par le fort. C'est le début d'une nouvelle ère !

— N'importe quoi !

— Ça fait du bien d'y croire !

Le lapin terrorisé tente de s'échapper. Il saute sur place, se contorsionne, fait gicler la neige autour de lui. Azza lui pose une main sur la croupe.

— Qu'est-ce que tu proposes ? demande-t-elle à Benoît.

— Laisse-le filer, réplique-t-il, mal à l'aise.

— Dis donc, si les premiers hommes avaient agi comme toi, nous ne serions pas là !

Elle saisit un morceau de bois semblable à un gourdin, prend le lapin par les pattes arrière, attend qu'il cesse de se contorsionner puis, d'un geste vif et rapide, le frappe derrière les oreilles. Parcouru de tremblements, le corps se raidit. Sans perdre de temps, Azza sort de sa poche un couteau et lui arrache l'œil droit. Un filet de sang se met à couler.

— Mais tu es un monstre ! crie Benoît.

Azza pose le corps inerte sur le sol. Les flocons tournoient, toujours aussi légers, se posant comme à regret sur les feuilles mortes. La jeune fille contemple un instant les nuages qui coiffent la cime la plus haute.

— Il a son compte, dit-elle. Tiens-le-moi, je vais le dépouiller.

— Mais où est-ce que tu as appris à faire ça ? Avec le vieux Bachir ?

— Mon père élevait des lapins et des poules. J'ai vécu à la campagne, même si j'habitais un appartement. Mon père avait construit une cabane dans le marais voisin. Comme on nous volait nos bêtes, il avait attaché un chien qui aboyait toute la journée, et surtout la nuit. Bon, je vais me débrouiller toute seule.

Sans laisser le temps à Benoît de protester, la jeune fille ligote les pattes arrière du lapin avec le collet et le suspend à la branche d'un hêtre voisin. Puis, délicatement, elle sectionne la peau à la hauteur du jarret.

— Ça s'écorche facilement ! C'est comme un sac que tu retournes.

Tout en parlant, elle tire sur la peau qui cède d'un coup tout le long du corps.

— Je vais lui couper la tête, ce sera pour les renards et les loups.

— Les loups ? Qu'est-ce que tu racontes ? s'étonne Benoît.

— Il paraît qu'il en passe. Ils viennent d'Italie et remontent. Ils sont très sauvages. Personne ne les voit.

Quand le lapin est dépouillé, Azza coupe la paroi abdominale, et les boyaux fumants s'en libèrent. D'une main sûre, elle les arrache et récupère le foie.

— C'est très bon avec une persillade, mais on n'a pas de poêle, ni de persil. Bon, allons laver ça au ruisseau. On le fera cuire ce soir. Il faut que la viande repose un peu, sinon elle sera dure.

Au bord du torrent, un filet d'eau coule entre les cailloux coiffés de blanc. Azza y nettoie méthodiquement son lapin.

— L'eau est très basse, constate-t-elle. C'est le signe que la neige va encore tomber. Tu vois qu'elle est précieuse, la petite Azza, ajoute-t-elle. Sans elle, qu'est-ce que tu ferais ?

Il ne répond pas. Sans elle, il serait rentré chez lui depuis longtemps.

— Il va neiger toute la journée. C'est dans l'ordre des choses.

De retour dans la grotte, Azza allume le feu et met de l'eau à bouillir, puis ils mangent en silence.

— On va aller chercher Baptiste et tout ce qui est resté dans l'autre grotte tant que c'est encore possible, décide-t-elle. Demain, la neige sera trop épaisse et ce sera dangereux à cause des congères et des failles.

Benoît a froid. Bien que chaud, le pull ne suffit pas à le protéger du vent glacé.

— Moi aussi j'ai froid, dit Azza. Il va falloir trouver une solution.

— On pourrait rentrer. Je m'arrangerai avec ma sœur. On te cachera, je te le promets.

Azza réfléchit. Aller à Marseille, pourquoi pas ? Son père et ses oncles n'iront jamais la chercher là-bas. Mais peut-elle avoir confiance ? Malgré ses bonnes intentions, Benoît ne va-t-il pas la laisser tomber ? Et puis, une fois chez lui, il retrouvera Murielle. Cette pensée arrache une grimace à la jeune fille.

— On va voir.

Elle se dit qu'avec un peu de chance, ils trouveront des couvertures et des manteaux dans une des cabanes de berger qu'elle connaît. En hiver, ces maisonnettes servent aux mêmes bergers, devenus chasseurs et braconniers. Ils laissent là des réserves et des vêtements chauds pour prévenir les terribles coups de froid qui surviennent brutalement.

— Fais-moi confiance, insiste-t-elle. Ça va aller.

Ils marchent dans une couche de poudreuse qui s'épaissit au fil des heures. Autour de la grotte, que Benoît n'aurait pas reconnue, la neige a transformé le paysage, mais Azza l'a retrouvée grâce à son extraordinaire sens de l'orientation. À l'intérieur, il fait bon. Azza hésite à allumer un feu.

— On peut se reposer un peu, mais on doit rester vigilants si on ne veut pas se faire coincer.

Tout à coup, les jappements d'un chien attirent leur attention. Azza se glisse vers l'ouverture et fait signe à Benoît de la rejoindre. Un homme couvert d'une cape noire marche en travers de la pente. Son chien renifle la neige.

— Si c'est le berger dont parlaient les gars en moto, on est foutus ! murmure Azza.

— Qu'est-ce qu'on fait ?

Il se rapproche de la jeune fille, la frôle, se colle à elle. Elle frémit de tout son corps.

— Je ne sais pas. J'aurais dû acheter du poivre, je n'y ai pas pensé ! Il aurait suffi d'en mettre un peu de temps en temps sur nos traces pour arrêter le chien, mais c'est trop tard. Bon, ajoute-t-elle après un temps. Il est seul et on est deux. On ne se laissera pas faire !

L'homme s'arrête, observe un instant les traces dans la neige et tourne vers la grotte sa face couverte d'une épaisse barbe grise.

— On est mal, on est mal ! murmure Azza en trépignant. Une idée, vite !

Il faut mettre cet homme hors d'état de nuire, mais il n'y a qu'un moyen, et le chien, un gros berger allemand, s'interposera pour protéger son maître. Elle se souvient alors que la grotte a une sortie à l'autre extrémité.

— Viens, fait-elle en prenant la main de Benoît et en l'entraînant vers le fond.

— Où ?

— Vers la sortie secrète... Avec un peu de chance et assez de vent pour balayer la neige, le chien ne nous retrouvera pas ! Mais ce n'est pas sûr !

Ils se hâtent dans la dense obscurité, se heurtent aux parois et finissent par sortir à l'air libre, entre des rochers glissants qui ralentissent leur fuite. Sur ce pan exposé au nord, des bourrasques de vent soulèvent la neige.

— On ne voit rien ! s'écrie Azza, mais tant mieux !

Ils dévalent la pente jusqu'à un bosquet qu'ils traversent en courant.

— C'est pas le moment de flancher ! fait remarquer Azza à Benoît qui traîne un peu.

Au bord d'un ruisselet qui coule entre deux grosses lèvres de neige, Azza écoute la rumeur du vent.

— Le chien nous a perdus, murmure-t-elle. On a de la chance.

Le long du ruisseau, les lanières froides de la neige cinglent leurs visages, mais Azza maintient la cadence. Par moments, elle ralentit, scrute les alentours et repart, rassurée.

Ils arrivent à leur grotte exténués.

— La neige va nous emprisonner, mais au moins personne ne viendra nous chercher ici, dit Azza en contemplant les flocons qui bouchent l'horizon.

Heureuse de cette victoire qu'elle vient de remporter pour lui, elle sourit à Benoît. Lui a mal partout, ses jambes sont lourdes, il se sent fébrile.

— Ça ne va pas ?

— Ce n'est rien. J'ai des frissons dans le dos, comme si je couvais une grippe.

— Attends, je vais faire du feu et tu te réchaufferas.

Demain, on ira fouiller les cabanes de berger. On trouvera sûrement ce qui nous manque. Sinon...

Elle hésite un instant avant d'ajouter :

— ... j'irai visiter une résidence secondaire qui n'est occupée qu'en été.

— Qu'est-ce que tu dis ? s'emporte Benoît. Tu veux cambrioler une maison, maintenant ?

— Si on n'a pas d'autre solution, il faudra bien nous y résoudre. On s'arrangera pour rendre les frusques quand on n'en aura plus besoin !

— Non, tranche Benoît. Le mieux c'est de rentrer à Marseille. Je te jure que je m'occuperai de toi et que personne ne te trouvera. On partira demain, ajoute-t-il comme pour se donner du courage.

Le lendemain matin, après une nuit de cauchemars, Benoît se réveille avec un terrible mal de tête. Azza remarque qu'il a les yeux brillants de fièvre et que son corps est parcouru de tremblements. Il se met sur ses jambes mais peine à tenir debout. Après quelques pas, il trébuche et s'assoit de nouveau. Azza le regarde, anxieuse.

— Ça ne va pas ?

— Non, répond Benoît en se rallongeant. Je me sens mal.

La jeune fille s'approche de lui et, d'un geste machinal, pose le plat de la main sur son front.

— Mais tu as de la fièvre !

Il claque des dents et se plaint du froid. Azza s'empare de sa moitié de couverture qu'elle étale sur lui et remonte sur ses épaules avec la délicatesse d'une mère bordant son enfant.

— Où est-ce que tu as mal ?

— Partout. J'ai du feu dans la poitrine, une grosse envie de vomir, et je n'ai plus aucune force dans les jambes.

— C'est rien. Un truc que tu as mangé et qui t'a fait mal, ou alors tu as attrapé froid hier quand on courait dans la neige. Ne t'inquiète pas, je vais te soigner, tu seras vite sur pied.

Elle sort chercher de l'eau, dispose la casserole sur les flammes, puis verse du sucre et du café en poudre dans un bol.

— Je n'ai pas de tisane, c'est dommage. Il faut que tu boives ce café très sucré. Ça fera pareil.

Ayant versé l'eau bouillante dans le bol, elle approche le breuvage fumant des lèvres de Benoît qui boit docilement. Mais un haut-le-cœur lui retourne l'estomac.

— Je ne peux pas... C'est trop mauvais.

— Force-toi. Allez, bois et ne te fais pas prier.

Il avale une autre gorgée, porte sa main à sa bouche mais n'a pas le temps de se détourner ; il vomit sur la couverture, puis lève sur Azza des yeux pleins de larmes.

— J'ai mal !

Azza lui essuie le visage avec un torchon humide. Ses gestes sont emplis d'une douceur, d'une prévenance que Benoît ressent intensément et qui lui réchauffent le cœur, mais ne suffisent pas à le calmer.

— Ça tourne, dit-il. Les rochers, tout tourne autour de moi. Je me sens mal !

— Ne fais pas ta chochotte ! Demain, tu seras sur pied. Pour le moment, c'est la diète.

Elle enlève la couverture souillée et dispose sur le corps du jeune homme ses propres vêtements de rechange, puis remet de l'eau à chauffer.

— Je vais chercher du bois pour faire une flambée d'enfer. Il ne faudrait pas que tu attrapes à nouveau froid. Et puis je vais aussi laver la couverture. Pendant qu'elle séchera devant le feu, tu resteras bien tranquille, et moi j'irai faire un tour du côté des cabanes de berger pour voir ce que je peux trouver.

Elle sort, laissant Benoît tremblant, recroquevillé sur son estomac déchiré de douleurs brûlantes. La fièvre le fait délirer ; des images étranges apparaissent alors devant ses yeux : Macha qui le cherche dans la montagne, Agnès qui lui remet la carte permettant d'ouvrir le coffre, puis Murielle... Cette dernière vision lui arrache une grimace.

Azza rapporte plusieurs brassées de bois sec saupoudré de neige. Chaque fois qu'elle entre dans la grotte, la jeune fille s'agenouille près du malade. Lui, les paupières closes, sent ce regard plein d'attention posé sur lui. Quand elle considère que le tas de bois est suffisant pour tenir quelques jours, Azza charge le feu dont les flammes montent vers le plafond. Un léger voile de fumée bleue flotte dans l'air.

— Bon, je pars voir ce que je peux trouver, maintenant.

— J'ai l'impression que je vais crever..., gémit Benoît.

— Reste près du feu. Je reviens. Il faut que tu boives. Je vais te chercher de l'eau.

Azza sort, munie des bols et de la casserole, laissant Benoît tremblant de froid sous la couverture trop fine. Elle rapporte une réserve d'eau du torrent, puis repart à la recherche des cabanes de berger.

Elle revient en milieu d'après-midi, vêtue d'un épais anorak qui modifie sa silhouette.

— Voilà, j'ai trouvé des couvertures et de quoi nous réchauffer.

L'anorak propre n'est pas quelconque, et Benoît s'étonne qu'elle en ait un second, rouge, neuf en apparence.

— Où est-ce que tu as trouvé ça ? À mon avis, ce ne sont pas les bergers qui ont oublié des vêtements pareils !

Azza sourit en dépliant une couverture qu'elle étale sur le malade.

— T'occupe. L'important, c'est qu'on ait de quoi se protéger du froid !

Ayant activé le feu, elle prépare à manger : du bouillon en sachets et de la viande grillée, cet infâme lapin qui soulève l'estomac de Benoît.

— Aucune trace de notre berger et de son chien. Et les motards ont dû fuir la neige ! La montagne en hiver n'est pas un bon terrain de jeu pour les petits mecs !

Dans la soirée, la fièvre augmente. Azza apporte à Benoît un bol de bouillon fumant qu'il réussit enfin à avaler et qui fait perler la sueur sur son front. En nage, il repousse ses couvertures.

— Si tu as chaud, c'est bon signe, déclare Azza en le recouvrant.

Le jeune homme sombre dans une sorte de délire qui lui fait prononcer des phrases sans suite. Azza éponge la sueur qui coule de son front, attise le feu. La neige tombe, toujours aussi dense.

— Cette fois, on est bien coincés !

Les heures défilent. Benoît se bat contre les démons. Son corps animé de spasmes se contracte sans cesse. Allongée près de lui, Azza murmure des mots de réconfort, mais le jeune homme ne les entend pas. Levant les yeux vers le plafond, Azza se concentre, comme pour trouver la force d'aider son compagnon. Benoît est très malade : elle ne parviendra pas à le guérir avec de l'eau chaude. Mais comment aller chercher des médicaments dans une pharmacie quand la couche de neige dépasse les cinquante centimètres ?

Le jour se lève sur la campagne immobile. La neige tombe toujours. Le vent emporte les flocons en nuages légers qui se perdent dans la grisaille du ciel. Tout est blanc, uniforme. Le brouillard stagne, Azza hésite à sortir, car elle redoute de se perdre.

Benoît sent atrocement mauvais. Ses vêtements sont souillés de vomissures, ses cheveux collés par la sueur battent sur ses tempes au rythme rapide de son cœur. Sa peau a pris une couleur grisâtre, ses yeux brillants tournent dans leurs orbites sans se fixer.

— Allons, mon pote, dit Azza qui l'a veillé toute la nuit, c'est pas le moment de te laisser aller !

Elle caresse son front humide, passe la main sur son visage, s'arrête sur ses lèvres brûlantes. Benoît secoue légèrement la tête et lui envoie un regard désespéré.

— Fais un effort, poursuit la jeune fille.

Elle lui applique un linge mouillé sur le front et les joues. Cela le calme momentanément, puis il s'agite de nouveau, prononce des phrases sans suite, pousse des cris. La jeune fille lui tient la main comme à un tout petit enfant.

— Tiens. Bois encore un peu d'eau chaude. Et puis il faudrait que tu manges pour reprendre des forces, sinon ça ne va pas s'arranger...

Mais Benoît n'arrive pas à avaler la moindre gorgée. La seule vue du lapin que la jeune fille prépare lui soulève le cœur.

— Il faut que tu manges ! Tu ne peux pas combattre la maladie si tu restes aussi faible ! Tu sais que demain ça fera une semaine qu'on est ensemble ?

Malgré la demande pressante de Virginie, Bernard Montès ne se décide pas à partir pour Porquerolles. Sa hiérarchie lui a demandé de rester à son poste jusqu'à la fin de l'année, et peut-être un peu plus, le temps de trouver quelqu'un pour le remplacer. Ce qui le tracasse, c'est que l'hiver arrive sur la montagne de Lure et que Benoît n'est toujours pas revenu. La police et la gendarmerie, convaincues qu'il ne court aucun danger, consacrent peu de moyens à sa recherche. Et Montès a beau répéter dans tous les bureaux que le silence de son fils devient inquiétant, qu'il est peut-être entre les mains de malfrats comme le prouverait son appel avec un portable volé, personne ne l'écoute. Quand il parle d'envoyer une nouvelle patrouille et un hélicoptère, le responsable des secours lui rétorque qu'une heure d'hélicoptère coûte très cher, que la neige est tombée, que le brouillard noie la montagne et qu'il est impossible d'y aller.

— Alors qu'est-ce qu'on fait ? s'emporte Montès. On attend le drame, c'est ça ? Si ça continue, je porte plainte pour non-assistance à personne en danger !

— Jusqu'à nouvel ordre, ton fils n'est pas en danger. D'après quelques témoignages de promeneurs, il est même en train de filer le parfait amour avec une très jolie fille. Alors, le mieux, c'est peut-être de le laisser tranquille !

Bernard appelle sans cesse Macha, la seule personne qui peut comprendre son angoisse. Il téléphone aussi trois fois par jour à Anne-Sophie, et lui en veut de ne pas avoir de nouvelles.

— Puisque c'est comme ça, c'est moi qui vais aller le chercher ! tranche-t-il enfin. On n'est jamais mieux servi que par soi-même.

Lorsqu'elle apprend cette nouvelle, Virginie sombre dans une effroyable colère, pousse de grands cris et s'emporte contre ce mari qui n'a de souci que pour les jumeaux. Montès laisse passer l'orage et, pour une fois, refuse d'obéir à son épouse.

— Je sais ce que j'ai à faire, lui dit-il sèchement. Ce n'est pas à toi de me le dire.

— Mais tu ne le trouveras pas ! Comment tu peux espérer réussir là où un commando de gendarmes et un hélicoptère ont échoué ?

— Je ne peux pas rester sans rien faire.

Virginie s'emporte de plus belle. Bernard ne pense qu'à lui, alors que ce pauvre Arnaud a été accusé à tort. Il ferait mieux de s'occuper de Porquerolles, qui va péricliter si personne ne prend le domaine en main.

— Tes jumeaux sont des emmerdeurs, je te le dis comme je le pense ! hurle-t-elle. Et toi, on voit bien que tu n'as pas oublié leur mère, hein ! Regarde : tu n'attends qu'un signe de sa part pour retourner avec elle ! Je me trompe ? J'ai consacré ma vie à un mufle !

— Tu me fais chier !

Virginie lève les bras au ciel, pousse un cri désespéré et s'enfuit dans sa chambre, claque la porte. C'est la première fois en vingt-cinq ans que Bernard Montès s'oppose à sa femme. Arnaud arrive, l'œil brillant, visiblement éméché, ce qui lui donne toutes les audaces. Son père lui lance :

— Toi, si tu as une conscience, tu ferais bien de dire la vérité. C'est toi qui as renversé la petite Caroline ? Je te préviens : si un jour j'apprends que tu es coupable et que tu as nié jusqu'au bout, ne compte pas me revoir.

— Mais qu'est-ce qui te prend ? Il y a des lois, en France, et…

— Et je te jure que je vais mettre sur cette enquête mes meilleurs limiers. Et cet ADN inconnu à côté du tien, je trouverai à qui il appartient, fais-moi confiance !

Arnaud émet un petit rire moqueur.

— Je te souhaite beaucoup de courage.

Montès monte dans sa voiture et démarre, tandis qu'Arnaud entre dans la chambre où sa mère, allongée sur le lit, sanglote.

— Dis-moi la vérité, Arnaud, tu n'es pour rien dans cet accident ?

— Mais non, maman, répond le jeune homme en baissant les yeux. Tu penses bien que je me serais arrêté ! Mais parlons de choses sérieuses : où en est M. Lombiert à propos de la vente de Porquerolles ?

— Il patauge. Il n'en finit pas de patauger dans des comptes, réels ou fictifs. Il me dit cependant qu'il sera prêt le 24 décembre, et que nous aurons la preuve que la vente était une escroquerie.

— Très bien. J'ai envoyé des copains chercher Benoît dans la montagne.

— J'espère que tu as été prudent ! s'exclame Virginie en ouvrant de grands yeux curieux et réprobateurs.

— On n'a pas de chance. La neige qui est tombée empêche toute recherche. Mes copains sont revenus. Je suis certain que Benoît n'est plus où on le cherche.

— Ça n'arrange pas nos affaires...

— C'est le moins qu'on puisse dire...

Trois jours ont passé. L'état de Benoît n'a pas évolué. La fièvre tombe parfois pendant quelques heures, puis reprend de plus belle. Azza le veille nuit et jour, ne s'absentant que le temps d'aller chercher du bois, toujours plus difficile à dénicher sous la neige. Elle a renoncé à se rendre au village le plus proche par peur de se perdre ou de se faire avaler par une congère qui cache de dangereuses crevasses. L'inquiétude la ronge. Désespérée, elle quitte parfois la grotte et s'assoit sur une pierre enneigée, le visage fouetté par le vent gelé, les yeux levés vers le ciel. Elle ne dort que par intermittence. Elle est si fatiguée qu'elle se sent à son tour devenir très faible. Les provisions diminuent et les lapins sont de plus en plus difficiles à piéger. Elle a bien essayé d'attraper des oiseaux en disposant des nœuds coulants en fil blanc sur la neige et en éparpillant des miettes pour les attirer, mais cela ne lui a rapporté qu'un merle qu'elle a fait rôtir, et le malade n'en a même pas mangé une bouchée. Avec ses joues creuses, son front plissé de profondes rides, Benoît ressemble à un vieillard. Sous sa peau fripée courent de grosses veines sombres qui palpitent au rythme saccadé des battements de son cœur. Azza s'agenouille près de lui.

Il ouvre des yeux profonds qui ne la voient plus. Ses

lèvres sèches bougent lentement, mais il ne parvient pas à dire un mot. Azza presse la main gelée du malade dans la sienne et le supplie de tenir bon.

Enfin, au matin du quatrième jour, après avoir dormi paisiblement quelques heures, l'état de Benoît semble s'améliorer un peu. Ouvrant les yeux, il se redresse puis se laisse retomber sur son oreiller d'herbes sèches recouvert d'un chemisier appartenant à Azza.

— La carte..., murmure-t-il d'une voix faible.

— Oui, la carte, qu'est-ce que tu veux que j'en fasse ?

— Cache-la, que personne ne la trouve. Jure-moi que tu l'apporteras à ma sœur.

— Qu'est-ce que tu racontes ? Tu la lui apporteras toi-même ! Allez, bois un peu d'eau sucrée, tu vas beaucoup mieux !

Mais le répit ne dure pas. Ses yeux se ferment, et le délire reprend le jeune homme, qui évoque alors une maison sur une île, une tante Agnès et des motards fouillant la montagne. Azza se met à pleurer. En larmes, elle tend les mains vers lui.

— Benoît, reviens avec moi, lui intime-t-elle. Je t'aime, tu comprends ? Je t'aime, j'en suis sûre. C'est toi, l'homme que j'ai choisi. Accroche-toi. Je ne veux pas rester seule, personne ne prendra jamais ta place, tu entends ?

Elle éclate en sanglots et il ouvre les yeux comme s'il avait entendu. Un léger sourire se dessine au coin de ses lèvres crevassées tandis qu'Azza presse la tête du jeune homme contre sa poitrine, comme pour lui donner un peu de sa chaleur et de sa force. Elle craint qu'il ne guérisse pas, qu'il meure au fond de cette grotte sordide. Malgré une fugitive amélioration, la maladie progresse dans un organisme de plus en plus faible. Et puis Azza n'a plus de vêtements propres pour le changer : il sent atrocement mauvais. Le froid s'infiltre chaque jour un peu plus dans la grotte. Elle a beau faire des flambées d'enfer, s'éreinter à aller chercher du bois toujours plus loin, l'hiver gagne du terrain.

Le lendemain, le temps est toujours aussi mauvais. La brume poussée par un vent du nord s'agglutine en gros nuages qui roulent le long des pentes pour s'entasser dans les vallées. Azza connaît suffisamment la météo locale pour savoir ce que cela signifie : le froid va s'intensifier, et elle ne pourra plus lutter longtemps. Alors, tant pis si ses parents la reprennent, si son père la force à aller se marier en Tunisie, tant pis si sa vie bascule à cause d'un étranger, elle ne peut pas imaginer que Benoît finisse sa vie dans ce trou à rats.

— Écoute, lui dit-elle. Je vais chercher du secours. Si ça continue comme ça, tu vas crever !

— J'ai peur ! s'exclame Benoît en ouvrant des yeux horrifiés. Reste avec moi.

— Non. Tu as de l'eau, là, et si tout va bien je serai de retour avant la nuit avec les pompiers. Attends-moi et ne crains rien.

Elle s'éloigne en courant, sachant que la brume peut tomber d'un instant à l'autre. Dans la pente, elle cherche le sentier menant vers Lardet. La neige a tout transformé, et la jeune fille ne reconnaît plus la vallée. Le torrent qui servait de repère a disparu sous des mètres de poudreuse où elle s'enfonce jusqu'aux genoux, parfois jusqu'à mi-cuisse. Les sapins ploient sous de grosses plaques de neige gelée qui se détachent par moments, répandant une pluie d'aiguilles gelées. Azza glisse, tombe, s'enfonce, se débat avec rage, avance à l'aveugle dans cette poussière blanche qui ne lui offre aucune prise, reprend sa marche ; elle n'a qu'une idée en tête : arriver au plus vite pour soulager les souffrances de Benoît.

Pourtant, ce qu'elle redoutait se produit en milieu d'après-midi. La brume monte de la vallée, submerge les collines. Elle poursuit sa marche, espérant trouver la route que les services de déneigement auront dégagée. C'est là sa seule chance. Mais, déjà, la nuit d'hiver tombe sur la montagne.

— Ce n'est pas vrai ! murmure-t-elle, je ne trouve pas mon chemin. Je ne sais plus où je suis.

Elle s'obstine, pensant à Benoît qui grelotte près du feu éteint. Tiendra-t-il jusqu'à ce qu'elle ait pu rejoindre un village ? « Pourvu que j'arrive à temps avec les secours ! » se dit-elle.

Elle avance au hasard, se laisse emporter par les pentes. La pénombre lisse la blancheur du sol, efface les reliefs. Le village est sûrement encore très loin. Comprenant qu'elle ne l'atteindra pas, la jeune fille décide de rebrousser chemin, mais comment retrouver à présent la grotte où Benoît a tant besoin d'elle ? La voilà perdue dans cette région qu'elle connaît pourtant si bien...

Bernard Montès sait que, seul dans la montagne, il n'a aucune chance de retrouver son fils. Il peut se rendre à l'endroit d'où le téléphone volé a émis la dernière fois, mais rien ne prouve que Benoît s'y trouvera. Macha partage son angoisse, affolée par cette impression, ce sentiment confus que Benoît est vraiment en danger.

— Qu'est-ce qu'il peut bien foutre dans la montagne de Lure ? réfléchit à haute voix le divisionnaire. Il file le parfait amour ? L'endroit est inhospitalier au possible, et c'est la croix et la bannière pour se déplacer. D'un autre côté, si quelqu'un l'avait pris en otage, un malfrat en cavale par exemple, il aurait essayé de le monnayer depuis longtemps !

— Je suis d'accord, répond Macha. Quand il m'a téléphoné, il n'avait pas une mauvaise voix, bien au contraire. S'il avait été en danger, je l'aurais compris. Et puis, ce téléphone, il l'a trouvé où ? Qui le lui a prêté ?

— Envisageons le pire : il n'était pas présent à l'oratoire Saint-Joseph où il t'avait donné rendez-vous. Il s'est cassé une jambe en voulant te rejoindre.

— Il aurait crié pour que je l'entende.

Le portable de Bernard sonne.

— Salut, c'est Pierre. Tu m'as demandé de vérifier les appels du numéro du téléphone volé. Alors tiens-toi bien !

— Qu'est-ce qui se passe ? demande Montès en regardant sa fille qui retient sa respiration.

— Il se passe que j'ai pu avoir les enregistrements des conversations. Les opérateurs rechignent toujours à nous les donner, mais j'ai un copain sur la place. Eh bien, le portable a été utilisé trois minutes plus tard par une femme ! En conséquence, ton fils est avec une femme ! Et, selon la voix et les propos, c'est une femme très jeune !

Bernard Montès sourit en coupant la communication.

— Une femme a utilisé le même téléphone que lui juste après qu'il t'a appelée, Macha. Les rumeurs sont donc fondées. Reste à savoir ce qu'ils foutent dans la montagne alors que rien ne les empêche d'aller dans un bon hôtel, bien au chaud.

— Mais pourquoi il m'a demandé de venir le chercher, alors ? Je ne comprends rien !

— Il n'a plus de voiture. Il voulait que tu les ramènes, lui et sa dulcinée. Et puis au dernier moment, ils ont dû changer d'avis.

— Impossible, il m'aurait avertie.

Macha a la certitude que son frère ne va pas bien. La nuit dernière, elle a rêvé qu'il la suppliait de venir le chercher.

— Non, dit-elle. Il est en danger, j'en suis sûre !

— Bon. Je vais essayer de convaincre quelques collègues de m'accompagner, et on ira le chercher.

— Je viens avec vous.

Au commissariat, Paulan attend Montès. Il a fallu un événement extraordinaire pour décider le vieux magistrat à sortir de son petit bureau du palais de justice. Il salue Montès et lui annonce avoir une information importante et, pour l'instant, confidentielle. Montès ferme la porte derrière son visiteur qui prend un air grave. Le juge se gratte le menton du bout de son index boudiné, cherche ses mots et les trouve enfin :

— La chance sert parfois la justice, même si on a tendance à croire qu'elle est du côté des crapules.

— Que se passe-t-il ?

— Vous vous souvenez ? Sur la tôle récupérée dans le fossé après l'accident de la gamine de Roquefort, il y avait un deuxième ADN. Nous avons cru qu'il était inexploitable, mais cet ADN vient de parler.

— Ah bon ?

— Oui, il appartient à un petit caïd. Un certain Hugo Berger. Or Berger est entré en cabane la veille de l'accident... Donc ce n'était pas lui qui conduisait la voiture. Cela fait de votre fils le suspect numéro un.

— Très bien, répond Montès sans broncher. Laissez-moi régler ça avec lui. Il viendra à votre bureau avant la nuit.

Le divisionnaire voit rouge, mais il attend que le magistrat ait quitté la pièce pour décrocher son téléphone et appeler Arnaud sur son portable. N'obtenant pas de réponse, il sort de son bureau en coup de vent, sous le regard étonné de ses collaborateurs. Quand il arrive chez lui, Virginie le voit monter l'escalier en courant et comprend que quelque chose de grave vient d'arriver.

— Je veux voir Arnaud, et tout de suite ! dit-il en contenant mal sa colère.

— Je ne sais pas où il est, répond Virginie. Il m'a dit qu'il avait une soirée et ne rentrerait que demain dans la journée. Il a une petite amie, alors...

— Alors quoi ? Je m'en fous ! Je veux le voir tout de suite. Comment se fait-il que son portable ne réponde pas ?

— Il l'a oublié. Et puis il veut sûrement être tranquille !

Montès remonte dans sa voiture et démarre en trombe, faisant crisser les pneus sur le goudron de la cour.

De retour à son bureau, il appelle Paulan.

— Laissez-moi jusqu'à demain après-midi pour vous le présenter. Je vous jure qu'il va passer un mauvais quart d'heure !

Montès ne décolère pas de la journée. Le soir, chez lui, il s'enferme dans ce qu'il appelle sa bibliothèque et n'en ressort qu'à l'heure du dîner. Lorsque sa femme lui demande ce qui ne va pas, il s'emporte.

— Ton fils, ton fils encore et toujours !

— C'est aussi le tien, réplique-t-elle sèchement.

— Tu sais ce qui va lui arriver ? Il va aller en prison. Et ne compte pas que je demande pour lui un traitement de faveur !

Cette façon de parler d'Arnaud irrite Virginie au plus haut point.

— Qu'est-ce qu'il a fait, *mon* fils, pour mériter tant de sévérité ?

— Il a renversé une fillette et il s'est enfui ! La gamine est handicapée à vie ! Tu trouves ça bien ? Tu es toujours émerveillée par *ton* fils ?

Virginie fuit à la cuisine. Pourquoi Macha a-t-elle exhumé une histoire que tout le monde avait oubliée ? Pour s'en prendre à Arnaud, pour le discréditer, pour qu'il n'ait aucune chance de s'en sortir dans la vie, pour qu'il n'ait plus aucune place dans la famille ? Une fois de plus, Bernard prend le parti de sa fille. Mais Virginie ne se laissera pas faire. Elle défendra son pauvre garçon bec et ongles.

— Tu n'as aucune preuve qu'Arnaud est le chauffard ! Aucune ! hurle-t-elle en revenant se planter devant son mari.

Mais cette fois, Bernard ne cède pas. Il la fixe dans le blanc des yeux et éructe d'une voix tremblante de colère :

— Je suis un honnête homme, et jamais, jamais, tu m'entends, jamais je n'accepterai de couvrir ce voyou qui fréquente assidûment toutes les petites frappes de Marseille. Arnaud est indigne de porter mon nom, tu comprends ?

— Ton nom ! rétorque Virginie, laisse-moi rire ! Ça fait belle lurette que d'autres se sont chargés de le salir, à commencer par ton propre père ! Alors, quelles preuves tu as contre Arnaud ? J'attends !

— Quelles preuves ? Le deuxième ADN trouvé sur l'aile de la voiture est celui d'un voyou de seconde classe. Or ce charmant garçon était en cabane quand l'accident a eu lieu. C'est éloquent, non ?

— Mais Arnaud s'était fait voler sa voiture, tu as oublié ?

— Ah oui ? Alors dans ce cas, pourquoi l'ADN du voleur et chauffard ne se trouve pas sur la tôle jetée dans le fossé ? Le facteur a été formel : le conducteur ne portait pas de gants.

— Eh bien il aura mal vu, ça arrive !

— Dès qu'il rentre, j'emmène Arnaud devant le juge, et il s'expliquera.

— Puisque tu le prends comme ça, crie Virginie, on n'a plus rien à se dire. Retourne chez Anne-Sophie, mais ne compte plus sur moi pour entretenir ta maison et te préparer tes repas !

Elle grimpe l'escalier et s'enferme dans sa chambre où elle aime lire et faire de la dentelle, sa dernière marotte.

Montès ne touche pas au potage qui fume dans son assiette. Il prend sa veste et sort en claquant la porte. Virginie trépigne de rage en entendant la voiture passer le portail. Pourvu que Lombiert réussisse, et vite ! Ce sera sa vengeance sur Anne-Sophie qui tire les ficelles dans l'ombre.

Après avoir dîné avec Macha, Bernard Montès rentre chez lui où sa femme l'accueille comme si de rien n'était. Il s'en doutait : ses colères les plus violentes fondent en quelques minutes ; Virginie passe d'un extrême à l'autre, des menaces les plus dures aux minauderies les plus sucrées, comme si elle regrettait ses emportements. C'est sa manière à elle de faire plier son mari, qui se cabre dès qu'on l'affronte mais redevient un agneau quand on sait le caresser dans le sens du poil.

Après une nuit agitée, le divisionnaire se lève, prend sa veste et sort sans embrasser sa femme. Virginie s'en veut de s'être levée tôt pour lui préparer du café. Un départ aussi précipité n'augure rien de bon. Elle aimerait prévenir Arnaud, mais son portable est resté sur la table du salon.

Une heure plus tard, une voiture de police s'arrête un peu en retrait du portail. Deux hommes en uniforme se postent de chaque côté de l'allée.

Au commissariat, Bernard Montès passe la matinée à vociférer contre les uns et les autres. Vers midi, enfin, un appel l'avertit qu'Arnaud est arrivé. Il se dresse d'un bond et demande qu'on lui amène son rejeton. Encadré par deux inspecteurs, le visage défait, les vêtements fripés, Arnaud entre dans son bureau. Sans répondre à son bonjour, d'une voix qui se veut calme, le divisionnaire entre directement dans le vif du sujet :

— Personne n'a touché la tôle de ta voiture à part toi

et un autre individu qui était en prison à l'heure de l'accident. C'est donc toi le chauffard !

Dans le brouillard de son ivresse, le jeune homme cherche les arguments de sa défense. Il regarde les deux inspecteurs impassibles et trouve enfin une réponse qui lui semble plausible.

— Le voleur de ma voiture n'a pas laissé son ADN, c'est pourtant simple !

— Arrête tes salades, tu t'enfonces ! C'est toi qui as renversé la petite. S'il te reste un rien d'amour-propre, avoue. Au moins, ça t'allégera la conscience. Emmenez-le en cellule de dégrisement, ajoute Montès à l'intention des deux inspecteurs. Ensuite, vous l'interrogerez et le présenterez au juge. Je ne veux plus entendre parler de lui.

Tanguy n'en peut plus. Cela fait plus d'une semaine qu'il téléphone à Azza et qu'elle ne lui répond pas. Pourquoi refuse-t-elle de le voir ? Lors de leur dernière rencontre, il a eu l'impression qu'elle lui cachait quelque chose. Et il enrage, car Azza n'est pas du genre à dissimuler ses pensées. Il s'est rendu à l'oratoire Saint-Joseph et a marché dans les collines à sa recherche. Son père l'a-t-il retrouvée et emmenée en Tunisie ? L'arrivée de la neige lui fait redouter un accident, aussi décide-t-il d'alerter les secours. Mais, avant, il doit parler à Marine, la grande amie d'Azza.

Tanguy travaille dans la cuisine d'un bon restaurant de Sisteron. Il est doué : son chef lui confie souvent la direction des repas quand il doit s'absenter. Tanguy aime son métier et ne manque pas d'idées innovatrices qui font le bonheur des clients du Relais de la Poste. Ce garçon de vingt et un ans a compris, depuis son échec à l'école, que la cuisine lui offrait une opportunité de réussite, c'est pourquoi il s'y investit pleinement. Il a proposé à Azza de l'accompagner à Marseille où il aimerait travailler dans un restaurant étoilé pour se perfectionner. Elle n'a pas refusé mais n'a pas accepté non plus, remettant sa décision à plus tard.

Tanguy se rend à Aix-en-Provence où habite Marine

depuis qu'elle prépare son BEP de coiffeuse. La visite du garçon ne la surprend pas, mais ne lui dit rien de bon : il a dû arriver quelque chose à Azza.

— Voilà plus d'une semaine que je suis sans nouvelles, lui explique Tanguy. J'ai d'abord pensé qu'elle n'avait plus de batterie, mais ce n'est pas ça. Elle sait se débrouiller pour recharger son téléphone s'il le faut, tu le sais, elle ne se laisse jamais prendre au dépourvu.

Marine sait, en effet, qu'Azza n'hésiterait pas à s'introduire dans une maison si cela lui était nécessaire. Elle a appris à se débrouiller et survivrait là où beaucoup mourraient de faim.

— Notre entrevue à Lure s'est mal passée. Et puis il y avait une femme qui appelait un certain Benoît. Ça n'avait peut-être aucun rapport, mais c'était quand même bizarre.

— Je sais, dit Marine. Azza m'en a parlé. Elle aussi elle a trouvé ça bizarre. Cette femme venait sans doute chercher un randonneur... Mais ça n'a pas d'importance.

— Le pire, poursuit Tanguy, c'est que la dernière fois que j'ai pu lui parler, elle m'a dit qu'elle ne voulait plus me voir. Ensuite, j'ai passé mes deux jours de congé dans la montagne à essayer de la trouver. Rien. Et maintenant que la neige est tombée, c'est plus difficile ! Qu'est-ce qu'il faut faire ? À ton avis, on avertit ses parents ?

— Sûrement pas ! s'indigne Marine. Ils sont assez bornés pour aller la cueillir dans sa cachette et l'emmener directement là où elle ne veut pas aller. Je m'en occupe.

— Qu'est-ce que tu vas faire ? demande Tanguy, avec la désagréable sensation que Marine aussi lui cache quelque chose.

— Laisse, je te dis, je m'en occupe ! Moi aussi, je suis très inquiète.

L'attitude de la jeune fille confirme les doutes du garçon. Cette manière de vouloir le tenir à l'écart des recherches prouve bien qu'elle ne dit pas tout. Azza aurait-elle rencontré quelqu'un ? Un berger, un promeneur, ou ce fameux Benoît ? Son inquiétude l'empêche toutefois de protester. Il faut d'abord retrouver Azza. Ensuite, il demandera des explications.

— Bon, fait-il, résigné, si tu as besoin de moi, tu sais où je suis.

Marine est très embarrassée. Jusque-là, elle ne s'est pas inquiétée du fait qu'Azza ne réponde plus au téléphone : elle en connaît la raison. Mais il se peut aussi que son amie ait des difficultés. Elle fait part de ses préoccupations à sa patronne qui l'autorise à s'absenter. Marine se rend donc aussitôt à Marseille, dans sa petite Twingo dont le compteur kilométrique affiche les bons et loyaux services rendus depuis de nombreuses années. Elle se présente à l'accueil de France 3 Provence-Alpes-Côte d'Azur et demande à parler à Macha Montès. La journaliste la reçoit aussitôt dans son bureau.

— C'est à propos de Benoît, explique la jeune fille.

Macha ne cache pas son étonnement, tout en contenant son émotion.

— Vous savez où il est ?

— Oui et non, répond Marine. Il est avec mon amie. C'est elle qui m'a parlé de vous. Mais depuis plusieurs jours je n'ai plus de nouvelles d'elle.

Marine raconte l'histoire d'Azza et sa rencontre fortuite avec Benoît. Macha l'écoute, stupéfaite. Les révélations de la jeune fille vont tout à fait dans le sens de l'angoisse qui l'étreint depuis quelque temps.

— J'ai la certitude qu'il est arrivé quelque chose à mon frère, s'exclame-t-elle. Il faut aller le chercher.

Marine demande à la journaliste si elle a une carte. Cette dernière regarde sur Internet et en imprime une, sur laquelle la jeune fille trace un cercle, en un endroit précis de la montagne de Lure, à égale distance entre le village de L'Hospitalet et l'oratoire Saint-Joseph, près d'un torrent.

— Ils étaient là. Ils s'abritaient dans une grotte parce que Azza ne peut pas se montrer. Ce qui m'inquiète, c'est qu'il a beaucoup neigé et que je n'arrive plus à l'avoir au téléphone.

Macha appelle son père. Elle a de la chance, il est encore à son bureau.

— C'est à propos de Benoît.

— J'envisage de partir le chercher, répond Bernard Montès d'une voix pleine d'anxiété. Sans les conneries d'Arnaud, et si j'avais trouvé quelqu'un pour m'accompagner, ce serait fait depuis longtemps. Cette histoire a assez duré.

— C'est le moment. Maintenant, je sais ce qui s'est passé. Tu peux déclencher les opérations de secours.

— Tu as vu le temps ? On ne peut y aller qu'à pied. Et la brume empêche l'hélicoptère de décoller. Je connais bien la montagne de Lure. C'est une affaire de famille. Puisque personne au commissariat ne veut m'accompagner, j'y vais seul.

— Je t'accompagne. Passe me prendre chez moi.

— Toi ? J'aurais préféré des inspecteurs rompus aux rigueurs de la montagne en hiver. Mais soit, c'est ton frère, et ta compagnie me sera très utile.

— J'avertis mon chef et j'arrive.

— Très bien, le temps de préparer mon sac, de rassembler des provisions, et on y va. De ton côté, prévois des chaussures chaudes et des vêtements. Là-haut, c'est le plein hiver. Et n'oublie pas un bon gros duvet.

Macha raccompagne Marine jusqu'à sa voiture et la remercie vivement.

— Vous venez de nous tirer une belle épine du pied, dit-elle. Je ne l'oublierai jamais.

— Je n'ai fait que ce que je pensais devoir faire, répond simplement Marine.

Macha l'embrasse sur les deux joues et lui promet de lui donner des nouvelles dès qu'elle en aura. Mais, lorsque la voiture de Marine disparaît, Macha s'aperçoit qu'elle ne lui a demandé ni son nom ni son numéro de téléphone.

Finalement, Montès n'est pas mécontent que sa fille l'accompagne. Il annonce à Virginie son départ pour aller rechercher son fils. Celle-ci s'emporte, l'accuse une fois de plus de s'occuper davantage de ses jumeaux que d'Arnaud, pourtant si mal traité en garde à vue. Il la laisse vociférer tandis qu'il prépare son sac.

— Et puis la montagne est dangereuse en cette saison ! l'avertit-elle.

— Je connais la montagne, et il s'agit de mon fils. Je peux prendre quelques risques, il me semble.

Le regard qu'elle lui envoie est éloquent : elle pense à Arnaud.

— Tu ferais mieux de t'occuper de Porquerolles ! Avec tout ce qu'il y a à faire, tu ne trouves pas mieux que d'aller faire un tour en montagne ?

— Justement, c'est bien de Porquerolles que je m'occupe, lâche Bernard.

Dès qu'il est sorti, sa femme appelle M. Lombiert sur qui elle passe sa colère.

— Je vous paie suffisamment cher pour que vous me fassiez des rapports réguliers ! J'attends des résultats, vous entendez ? Il faut que votre dossier soit bouclé avant le 24 décembre. Il n'y a pas d'autre choix. Sinon, ne comptez pas sur moi pour vous régler ce que vous me demandez.

— Le dossier sera bouclé, répond Lombiert, qui ajoute d'une voix peu assurée : mais ce n'est pas simple, beaucoup de pièces manquent et il nous faut du temps pour nous les procurer. D'autres ont été détruites, et je dois souvent naviguer à vue !

— Je m'en moque, je veux casser la vente qui a lésé mon mari de sa part de Porquerolles, un point c'est tout.

Deux heures plus tard, Bernard Montès récupère sa fille et prend la direction d'Aix-en-Provence. Puis, laissant Manosque à sa gauche, le 4 × 4 quitte l'autoroute pour une nationale en direction de Forcalquier. Après Saint-Étienne-les-Orgues, il emprunte la départementale qui traverse la montagne de Lure. Le brouillard gêne la visibilité, et Montès doit rouler au pas. Macha serre son manteau sur sa poitrine : son frère a-t-il réussi à survivre dans de telles conditions ?

Depuis leur départ, la jeune femme et son père n'ont pas échangé une seule parole. L'absence de Benoît les a rapprochés, pourtant, le mur des non-dits accumulés pendant des années est difficile à franchir.

— À partir de ce fameux oratoire Saint-Joseph, on montera à pied.

— La montagne est immense, j'ai peur qu'on ne le trouve pas.

— C'est vrai qu'avec cette neige et ce brouillard, se perdre est facile. Mais ne t'inquiète pas, j'ai tout prévu : le GPS, la boussole, les vêtements chauds et les provisions.

Le véhicule glisse sur la chaussée gelée, mais Montès est un habile conducteur. À mesure qu'il se rapproche du signal de Lure, la couche de poudreuse devient plus épaisse.

— Il a dû se passer quelque chose. L'apprentie coiffeuse, la copine de la fille qui est avec Benoît, est sans nouvelles de son amie depuis une semaine. J'espère qu'elle n'a pas trop tardé à tirer le signal d'alarme...

— Bof, les amoureux sont seuls au monde, répond

Bernard sur un ton évasif. Ils se tiennent chaud. Mais ce ne sera pas facile de les retrouver entre ces landes, ces cailloux... On raconte des tas de choses !

— Qu'est-ce que tu veux dire ?

— Il y a une quinzaine d'années, au cours d'un hiver semblable à celui-ci, les gens des villages alentour défilaient dans les gendarmeries parce qu'ils avaient vu dans la montagne de drôles de créatures, des extraterrestres !

— Des extraterrestres ?

Macha se souvient d'avoir lu un article à ce sujet.

— Reconnais que dans cette immensité vide, on a l'impression d'être hors du monde... Eh bien figure-toi que mon copain, le commandant de la gendarmerie de Saint-Étienne-les-Orgues, m'a dit qu'un témoignage récent faisait état de la présence de deux êtres étranges. Des silhouettes...

— Benoît et sa belle inconnue ?

— Je pense. Et j'ai le signalement exact de l'endroit où ces deux silhouettes ont été aperçues.

Après avoir garé le 4 × 4 à côté de la chapelle Saint-Joseph, Bernard Montès met son sac sur son dos et consulte son GPS.

— Nous sommes ici, voilà la route que la neige nous cache. Les « extraterrestres » ont été signalés à l'ouest, au-delà de cette montagne. Vu les conditions actuelles, il faut bien compter deux heures de marche. Peut-être plus.

Macha reste perplexe. Tant qu'elle n'aura pas vu son frère de ses propres yeux, elle ne sera sûre de rien.

— J'espère que nous arriverons assez tôt, murmure-t-elle.

— Je t'assure que si on le trouve en train de filer le parfait amour alors qu'on se fait un sang d'encre pour lui, je lui botte le cul !

Dans la neige, Bernard avance de son pas puissant,

devant Macha impressionnée par la force de ce père qu'elle n'a pas vraiment eu le temps de connaître. À cette heure, elle se sent très proche de lui. Après avoir franchi la première colline, elle commence à flancher.

— Je n'en peux plus, dit-elle. Où veux-tu aller ?

— Il y a une grotte un peu plus loin, on s'y arrêtera et on fera le point.

La marche se poursuit ; la côte est plus raide, et Macha lutte contre cette poudre gelée qui glisse sous ses pas.

— Il serait prudent qu'on s'attache, suggère Bernard. Il ne faudrait pas qu'on tombe dans une crevasse. Il y en a plein, sous la neige.

Macha le laisse enrouler la corde autour de sa taille et serrer le nœud comme une alpiniste qui s'en remettrait à son guide, puis ils repartent. Bernard marche avec la régularité d'une machine et la corde la tire, l'obligeant à avancer. Le froid est intense. Le vent pique les joues et emporte des nuages qui s'éparpillent dans le ciel gris. Tout est blanc, sans forme, sans lignes. Pas d'horizon. Montès surveille sa boussole et suit aveuglément la direction indiquée par l'aiguille aimantée. Craignant le piège invisible, en montagnard expérimenté, il tâte la neige du bout de son bâton.

— Je n'en peux plus ! se plaint Macha.

— La nuit va tomber. Nous allons devoir nous arrêter. Pour cela, il nous faut trouver cette grotte, cet abri, car il va faire très froid et sans cela on ne tiendra pas. Ce serait bien si on pouvait allumer du feu.

En fait, il commence à douter. Il connaît bien les lieux. Les renseignements obtenus auprès de ses collègues lui indiquaient la grotte de Benoît dans les parages. Mais les congères modifient tout, cachent les reliefs, et il ne sait plus où orienter ses recherches. Son GPS lui permet de connaître exactement sa position, mais les renseignements obtenus grâce au téléphone qui a émis de cet endroit ne sont pas suffisamment précis pour le retrouver.

La nuit s'infiltre dans la blancheur générale, se tasse sur le sol, augmente l'imprécision du paysage dans la lueur uniforme de la neige. Montès cherche un bosquet, un mur rocheux qui pourrait faire office de coupe-vent. Entrant dans un taillis de sapins aux branches lestées, il remarque un talus orienté plein sud, un peu à l'écart.

— On va dormir là, dit-il. On pourra faire du feu.

Il se met aussitôt à rassembler des brindilles et des branches mortes. Il balaie la neige, forme un foyer avec des pierres. À bout, Macha le regarde aller et venir avec cette tranquille assurance que donne la force. Elle frissonne et tend les mains vers les flammes qui s'élèvent dans la nuit glaciale.

— Si on avait trouvé une grotte, on aurait été plus à l'aise. Mais ici, c'est déjà pas mal. Tu as un duvet ?

Elle déplie celui qu'elle a apporté. Son père le regarde à la lueur du feu et sourit.

— Je savais que tu n'aurais pas ce qu'il faut.

Il défait son paquetage et en sort un autre sac de couchage.

— Heureusement, j'ai pensé à tout !

À cet instant, Macha entrevoit cet aspect aussi détestable que salutaire de la personne de son père : l'homme qui ne doute jamais de lui et dont dépend la survie des autres, le maître, le champion hors catégorie.

— On va manger. Ensuite, on dormira, bien couverts, car la nuit sera très froide.

— Mais il faut trouver Benoît au plus vite ! répond Macha en grelottant.

Elle ne peut s'empêcher de penser qu'il est peut-être tout près d'eux, malade ou blessé, sur le point de mourir.

— On est impuissants tant qu'il fait nuit !

Le calme de son père l'énerve en même temps qu'il la rassure. Rien ne peut arriver en sa présence. Sa force éloigne les maléfices. Même la maladie n'a pas prise sur cet athlète qui vient de porter un sac de plus de vingt kilos sans jamais montrer la moindre faiblesse. Macha prend la boîte de raviolis qu'il a mise à chauffer sur les flammes et commence à manger.

— On est exactement à l'endroit d'où les derniers appels téléphoniques ont été émis. Je me disais que, si Benoît n'avait pas changé de place, on le trouverait. Sans la neige, ce serait sûrement déjà le cas. Quoi qu'il en soit, avec le raffut qu'on a fait, et même le feu, je ne comprends pas qu'il ne se soit toujours pas montré !

— Il va mal, j'en suis sûre. Il est blessé ou malade, il ne peut pas bouger. Je ne vois pas d'autre raison. On peut le chercher pendant des jours, on ne le trouvera pas.

Elle essuie une larme qui roule sur sa joue.

— Ne pensons pas à ça, répond doucement Montès. Viens près de moi. On se tiendra chaud, c'est important, alors tant pis si ça te gêne.

Macha se serre contre son père. Le silence les écrase, comme s'ils étaient les seuls êtres vivants dans cette nuit blanche et immobile. Blottis l'un contre l'autre, le père et la fille retiennent leur respiration pour ne pas se gêner, laissant les braises palpiter devant eux et s'éteindre lentement. Très vite, Macha n'a plus froid. Une douce torpeur l'envahit.

— Tu me détestes, n'est-ce pas ?

La question tombe comme un couperet dans la froideur de l'air, la lame tranche la poitrine de la jeune femme qui secoue légèrement la tête.

— Non. Pourquoi je te détesterais ?

— Parce que je me suis remarié. Parce que Arnaud est

né. Parce que je ne me suis pas assez occupé de toi et de Benoît.

— C'est la vie. Il est vrai que je t'en ai voulu de céder en tout à Virginie, et l'histoire de l'héritage d'Agnès n'a rien arrangé.

— C'est le moins qu'on puisse dire, admet Bernard. À ce propos, il faut que tu saches la vérité. Car tu as toujours entendu le même son de cloche : Agnès racontait n'importe quoi.

— Tante Agnès était la plus agréable des femmes. Elle savait que tu avais empêché son mariage avec Jean Barthes.

— Ce n'est pas vrai ! s'anime Montès. Je te jure que ce n'est pas vrai ! C'est notre père, c'est Georges qui a agi avec ses petits copains. Si ça peut te rassurer, il ne voulait pas que j'épouse ta mère... Il avait pour moi d'autres ambitions. Mais ce n'est pas pour cela que nous nous sommes brouillés, ton grand-père et moi.

Il bouge son bras sous le duvet, place sa main sous sa tête et poursuit :

— Je vais tout te raconter du début à la fin. Mon père s'occupait de Porquerolles avec beaucoup de savoir-faire. Il avait pas mal de relations. Certaines, très honorables, qu'il affichait, et d'autres qu'il gardait dans l'ombre. Moi j'étais à son école. C'est lui qui m'a poussé à entrer dans la police. Ça facilitait les transactions à la limite de la légalité. Car Porquerolles, ce n'est pas n'importe quoi... Comme tu le sais, le domaine comporte, en plus d'une centaine d'hectares de vignes, un camping, un village de vacances, des courts de tennis et des villas. Une affaire très rentable que mon père, une sorte de Dominici, menait de main de maître absolu. Je devais quitter la police pour prendre sa succession. C'est alors qu'on s'est brouillés. De manière définitive. Parfois, les agissements de ton grand-père n'étaient pas aussi nets qu'il le prétendait, et c'est justement parce que je n'ai pas voulu me servir de ma fonction de policier pour le couvrir que nous nous sommes disputés. Pour lui, la solidarité familiale était au-dessus des lois. Alors il s'est arrangé avec la société Azur pour vendre Porquerolles et faire en sorte que je n'aie rien.

Macha ne répond pas. Porquerolles a toujours été pour elle un paradis un peu vénéneux.

— Jean Barthes n'avait pas la carrure suffisante pour Porquerolles. À sa mort accidentelle, j'ai eu de gros soupçons.

— Pourquoi, en tant que policier, tu n'as pas demandé une enquête à tes collaborateurs ?

Bernard pousse un long soupir. Macha n'est pas du genre à se laisser monter le coup.

— Je me le demande encore.

— Moi, je sais, réplique la jeune femme. En réalité, la mort de Barthes t'arrangeait bien : seule, Agnès serait une proie plus facile à plumer. Une fois de plus, tu as cédé à Virginie qui te sommait de récupérer le domaine au profit de son cher fils ! Je ne regrette pas ce que je lui ai fait, à celui-là !

La dernière braise s'éteint.

— C'est vrai que Virginie pousse dans ce sens, murmure Montès. Mais je ne vous ai jamais oubliés, tous les deux. La preuve, je suis là avec toi par un froid sibérien. Maintenant, il faut essayer de dormir. On a de la chance, le talus nous protège du vent.

Ils se taisent. C'est la première fois que Macha passe ainsi la nuit blottie contre son père, et elle se rend compte que l'inconfort ne la gêne pas. Elle se sent en parfaite sécurité et sombre dans un sommeil étrange, peuplé de silhouettes impalpables dans un domaine plein de lumière.

Elle se réveille avec la sensation d'avoir froid. C'est déjà le matin, même s'il fait encore nuit. Elle tente de bouger, mais ses membres ankylosés lui font mal. Son père a déjà allumé le feu et s'active autour des flammes.

— Bien dormi ?

— Je ne sais pas.

Il lui apporte une tasse de café.

— Mais où avais-tu mis tout ça ? s'étonne Macha.

— Dans mon sac ! Il suffit de savoir ranger. Un bourlingueur sait emporter tout ce qui lui est nécessaire dans un volume réduit.

Le jour se lève, silencieux, immobile, un jour d'hiver en montagne. Les colonnes des grands sapins se perdent dans la brume. Bernard avale son café, consulte sa montre et son GPS, puis ses plans.

— Il y a plusieurs grottes dans le coin. J'ai pu avoir des cartes topographiques très précises. On va les explorer les unes après les autres.

— Tu crois qu'on les retrouvera ?

— On y arrivera, t'en fais pas.

Il mange un biscuit puis plie son duvet qu'il fixe sur son sac. L'inconfort de cette nuit ne semble pas l'avoir affecté.

— On y va.

Azza n'en peut plus. La fatigue et le froid durcissent ses membres. Elle n'a plus la force de marcher dans la neige qui s'enfonce sous ses pieds. Ses vêtements trop légers laissent passer le vent qui l'enserre, l'étouffe dans ses lanières glacées. Elle a faim, des douleurs aiguës tenaillent sa poitrine. Des tourbillons de bise giflent ses joues. Où est-elle ? Comment se retrouver dans cet infini blanc, sans le moindre relief ? Où est Benoît ? Comment a-t-il passé la nuit, sans feu, grelottant de fièvre ?

La jeune fille lutte pour avancer, de la poudreuse à mi-cuisse. Une pente douce l'emporte vers une cuvette où elle s'enfonce jusqu'aux épaules. Elle se débat, tente de sortir de sa gangue, mais chacun de ses mouvements n'a pour effet que de l'enfoncer un peu plus. Elle ouvre la bouche pour reprendre son souffle, un paquet de neige pénètre dans sa gorge. Toussant, les larmes aux yeux, elle parvient enfin à se libérer. La seule pensée de Benoît lui donne la force de se battre, d'aller au bout d'elle-même. Benoît a tant besoin d'elle, Benoît, le garçon délicat qui n'aime pas se salir les mains. Tout le contraire d'elle, et pourtant son choix est fait : il est l'homme qu'elle aimera toute sa vie, autant dire qu'elle restera seule avec un souvenir. Elle regrette de ne pas s'être donnée à lui, de ne pas avoir vécu vraiment le bref amour qui la brûle et ne lui apportera que souffrance et solitude. Si Benoît survit, elle ne doute pas qu'une fois de retour à Marseille il retrouvera sa vie d'avant, Murielle et sa famille, sans plus se soucier de la petite Azza qui a passé auprès de lui une dizaine de jours.

La jeune fille arrive au sommet d'une colline et suit la crête que le vent a dégagée. Elle croit reconnaître l'endroit, malgré la brume qui ne laisse filtrer que des ombres. N'est-ce pas le clocher de L'Hospitalet qui se dresse devant elle ? Azza court en murmurant pour se donner du courage : « Pourvu que la fièvre soit tombée et qu'enfin il guérisse ! »

Malheureusement, ce qu'elle a pris pour le clocher de L'Hospitalet est un épicéa isolé. Désespérée, elle traverse une zone où la neige a été balayée, prend la descente entre d'étranges rochers dressés sous leurs manteaux blancs. Elle court, mais le sol se dérobe sous ses pieds et elle glisse sur le dos jusqu'à une crevasse où la neige l'engloutit. Une terrible douleur à la cheville droite lui arrache un cri aigu. Elle tente de se hisser par les bras, mais les forces lui manquent. La voilà prisonnière.

Elle a quitté la grotte hier à midi et devrait avoir atteint le village depuis longtemps. Elle n'a ni mangé ni dormi ; ses pensées se brouillent. Alors, à bout, dans un élan désespéré, elle crie. D'abord d'une voix retenue, comme si elle redoutait de briser la porcelaine du silence, puis elle hurle à s'en faire éclater les poumons. Son cri emplit la montagne, roule sur les pentes neigeuses, court à travers les bosquets, se multiplie avec l'écho qui l'emporte très loin. Un cri de désespoir. Un cri d'amour. « Benoît ! » Elle accepte de mourir pour qu'il vive.

Depuis deux heures déjà, Macha et son père arpentent le sol enneigé à la recherche des grottes répertoriées sur la carte. Ils en ont visité une où ils n'ont trouvé qu'un lit de feuilles mortes ayant sans doute servi à un animal sauvage. Ils se dirigent vers une autre quand un cri emplit la montagne.
— Benoît !
Une voix de jeune femme si désespérée qu'ils en restent perplexes. Mais ça y est : ils ont une piste.
— La fille qui est avec Benoît ! s'écrie Macha.
Le cri se répète, renaît avec l'écho, poignant.
— Pourvu qu'on arrive à temps !
— Vite ! s'impatiente Macha. L'appel venait de là.
— On y va.
Se laissant guider par les appels répétés à intervalles réguliers, ils parviennent à une pente couverte de gros rochers, où le vent soulève des nuages de neige qui piquent le visage.
Azza aperçoit alors deux silhouettes marchant vers elle dans la brume. Elle leur fait des signes, s'époumone. Macha et son père la découvrent coincée au fond d'une crevasse difficile d'accès.
— Qu'est-ce que vous faites là ? demande Montès en cherchant le moyen d'arriver jusqu'à elle.

— Mon ami est très malade, se lamente Azza. Dans une grotte. Il faut appeler des secours, vite !

Montès réussit à dégager la jeune fille, qui grimace tant sa douleur à la cheville est violente. Macha cherche son téléphone dans son sac à dos.

— Benoît est malade, vous dites ?

— Vous le connaissez ? s'étonne Azza.

— C'est mon frère. Nous le cherchons depuis dix jours.

— Alors, vous êtes sa jumelle ? Et vous, ajoute la jeune fille à l'intention de Bernard, vous devez être son père. Il y a un air de famille...

— Oui, répond Macha.

— Benoît est malade, reprend Azza. Une mauvaise fièvre. Faites vite, s'il vous plaît !

Macha appelle les pompiers. Un hélicoptère serait nécessaire, mais l'appareil ne peut toujours pas décoller, compte tenu de la météo.

— La brume devrait se lever dans la matinée. En attendant, une équipe de secouristes à pied va partir dans quelques minutes.

— Allez vous occuper de Benoît, insiste Azza. Moi, je peux attendre.

— Tenez, couvrez-vous avec ce sac de couchage, lui dit Montès. Et prenez ce paquet de gâteaux. Ne vous faites pas de souci, les secours vont arriver dans peu de temps.

Grâce au GPS et aux cartes que lui montre le père de Benoît, Azza découvre qu'elle a tourné en rond et que son compagnon se trouve à moins d'un kilomètre. Bernard et sa fille se dirigent vers la grotte indiquée qui n'est pas répertoriée sur leur carte. Montès marche très vite, Macha peine à le suivre, mais ne se plaint pas. Une demi-heure plus tard, ils trouvent Benoît grelottant sous ses couvertures trop légères. Il bredouille des mots sans suite et ne reconnaît ni son père ni sa sœur. Il sent atrocement mauvais.

— Le pauvre ! s'écrie Macha. Il est en hypothermie !

Montès constate que le pouls de son fils est anormalement irrégulier. Il compose alors un numéro sur son portable.

— Faites vite, hurle-t-il. Je me fous de la brume !

— On fait ce qu'on peut ! lui répond le capitaine des pompiers qui a en charge l'organisation des secours.

— Il faut l'hélico. Débrouillez-vous, c'est urgent !

Revenu auprès de Benoît, dont Macha caresse le front en prononçant des paroles apaisantes, Montès s'emporte :

— Tu vas te battre, oui ? C'est le moment de montrer que tu es un homme ! On va te tirer de là, mais il faut que tu nous aides, allez !

Benoît lui lance un regard perdu. Montès sort précipitamment, écoute la rumeur du vent qui se lève, mais aucun bruit de moteur n'annonce l'arrivée des secours. Il trépigne d'impatience.

— Mais qu'est-ce qu'ils foutent ?

L'attente dure une heure entière. La brume se dissipe lentement, en gros nuages roulant sur les pentes. Enfin, Montès entend le sifflement des pales de l'hélicoptère, puis le grondement d'un moteur. Le pilote doit passer plusieurs fois avant de trouver un endroit assez plat et dégagé pour atterrir.

Un médecin examine immédiatement le malade. Macha et son père, penchés vers lui, attendent son diagnostic en retenant leur souffle.

— C'est grave, déclare-t-il. Mais on est arrivés à temps !

Les infirmiers chargent le jeune homme sur un brancard qu'ils hissent dans l'hélicoptère.

— Il y a aussi une jeune fille, dit alors Macha. Elle se

trouve à près d'un kilomètre d'ici. Elle s'est foulé la cheville. Il faut la récupérer.

L'hélicoptère s'envole et tourne au-dessus des collines jusqu'à ce qu'il ait repéré Azza. L'atterrissage étant impossible, il faut l'hélitreuiller. Enfin, l'engin s'éloigne. Le silence hivernal retombe sur la montagne de Lure, les rochers retrouvent leur solitude minérale. Un renard en quête d'une proie tourne sa tête rousse vers l'horizon, où le bruit du moteur s'estompe lentement.

Benoît est hospitalisé en urgence à Aix-en-Provence, où les médecins diagnostiquent une grave septicémie. Azza s'en tire mieux : sa foulure est sans gravité. Elle est aussitôt rendue à sa famille, qui l'emmène sans lui laisser le temps de prendre des nouvelles de son compagnon de cavale.

Pendant trois jours, Benoît reste entre la vie et la mort. Macha et sa mère le veillent sans relâche, tandis que Murielle se contente de venir aux nouvelles par téléphone, son cabinet et Léa lui prenant beaucoup de temps. Macha a compris depuis longtemps ce que cela signifie.

Bernard Montès arpente les couloirs de l'hôpital. Seul, les mains dans les poches, la tête basse. L'attente dure trois longues journées. Chaque soir, le Dr Barselet lui apporte lui-même les dernières nouvelles. Il explique que Benoît est très faible, mais que sa bonne constitution aura tôt fait de reprendre le dessus et conseille à tous d'aller se reposer.

Le matin du quatrième jour, vers dix heures, le médecin entre dans la salle d'attente où la famille est réunie. Tous sursautent, se redressent en un même mouvement.

— Benoît est tiré d'affaire, déclare le Dr Barselet en souriant.

Aucune explosion de joie ne vient saluer cette bonne nouvelle. Ils y croient à peine, conscients qu'ils s'étaient déjà préparés au pire. Bernard Montès finit par faire un pas vers le médecin et le remercier chaleureusement.

— Vous pourrez le voir, mais il faut patienter encore un peu. Pour l'instant, il est trop faible, il faut le laisser reprendre des forces.

Macha ne peut s'empêcher d'imaginer le pire. Quand le médecin referme la porte derrière lui, Bernard se tourne d'abord vers sa fille, puis vers Anne-Sophie, un grand sourire aux lèvres.

— Tout va bien, je vous invite à déjeuner.

Tous trois quittent ensemble l'hôpital, redécouvrant la ville d'Aix, son flot de voitures, ses passants, toute cette vie qu'ils avaient eux-mêmes quittée depuis plusieurs jours. Ils prennent place dans un restaurant, mais ils n'ont pas faim. Ils se sentent pourtant bien, ensemble, même si Anne-Sophie a le sentiment d'être de trop, car père et fille échangent des regards complices. Leur équipée dans la neige semble les avoir rapprochés.

— Il faut que j'avertisse Murielle, s'exclame Macha en sortant son portable de son sac, étonnée de ne pas avoir pensé à le faire plus tôt.

Le lendemain, Macha, Anne-Sophie et Bernard se retrouvent à l'hôpital, où une infirmière les fait patienter dans cette même salle d'attente où ils ont vécu tant d'heures d'angoisse. Enfin, le médecin vient leur annoncer que Benoît va très bien, encore mieux que la veille, mais qu'il faut toujours être attentif à ne pas le fatiguer. Ainsi, Macha ira le voir en premier, puis ce sera le tour de son père, et enfin de sa mère. Les visites n'excéderont pas dix minutes.

Macha pénètre donc la première dans la chambre de son frère. Depuis la veille au soir, le malade a quitté les soins intensifs et peut de nouveau s'alimenter seul. Quand il aperçoit sa sœur, son visage s'éclaire. Macha l'embrasse avec effusion et garde un long moment sa joue trempée de larmes plaquée contre la sienne.

— Comme tu nous as fait peur !

Benoît sourit, puis son visage se ferme.

— Azza ? demande-t-il.

— La jeune fille de la montagne ?

Il fait oui de la tête.

— Elle a été hospitalisée, puis je crois qu'elle est repartie avec ses parents...

— Non, ce n'est pas possible... Et la carte, tu l'as récupérée ?

— La carte ?

— J'ai demandé la date ce matin à l'infirmière. Il nous reste neuf jours avant d'ouvrir le coffre de la tante Agnès. La carte...

— C'est toi qui l'as ! Ne te fais pas de souci, on n'a pas fouillé ton sac. Il est chez moi.

Macha n'a donc pas pensé au précieux sésame : la santé de Benoît la préoccupait plus que tout. Mais la vie reprend son cours, avec ses complications finalement bien secondaires.

— La carte, répète Benoît, elle est dans une grotte où je l'ai cachée. Avec Baptiste.

— Baptiste ?

— Oui, une photo trouvée dans les ruines d'un moulin. Je l'aimais bien.

Il sera difficile de récupérer la carte. La neige n'a cessé de tomber sur la montagne de Lure, et les routes sont désormais impraticables.

— Tant pis, se résigne Macha. Le coffre sera ouvert plus tard, au printemps, ou bien l'été prochain. Ça fera parler les curieux, si tu vois ce que je veux dire. Ce qui compte, c'est que tu sois là !

— Mais Azza ? demande encore Benoît, la voix pleine d'angoisse. Tu es sûre... ?

— Oui, elle est repartie avec sa famille, je te dis.

Le visage de Benoît s'assombrit. La jeune fille va donc être emmenée en Tunisie pour épouser l'homme que son père lui destine ? Il n'a même pas un numéro où la joindre, ni un quelconque indice pour prendre de ses nouvelles. Une violente douleur lui mord la poitrine.

— Quel malheur ! s'exclame-t-il, effondré.

Macha comprend le sens de ces paroles. Elle s'apprête à parler de Murielle, comme pour chasser la peine de son frère, mais l'infirmière arrive et lui signifie que le temps de visite est écoulé. La jeune femme pose un rapide baiser sur le front du malade et sort, remplacée par Bernard, puis par Anne-Sophie.

Murielle obtient le droit de voir Benoît à treize heures. En entrant dans la chambre, elle se sent tenaillée par l'angoisse, en proie à une indécision qui lui fait mal. Elle s'approche lentement du malade qui lui sourit, l'embrasse sur la joue et demeure longtemps silencieuse à regarder son visage amaigri et pâle. Elle ne reconnaît pas l'homme qu'elle a cru aimer et à qui elle ne trouve plus rien à dire.

— Je suis heureuse de te voir.

Benoît sourit toujours, mais ne répond pas. Entre lui et Murielle se dresse le visage d'une jeune effrontée qu'il a perdue et qui lui manque.

— Tout va s'arranger, dit-il d'une voix retenue dont le manque de conviction n'échappe pas à Murielle.

Elle quitte l'hôpital avec le sentiment qu'une page de sa vie vient de se tourner.

Les jours suivants, les visites sont plus libres. Murielle a cependant beaucoup de travail et ne passe voir Benoît qu'à l'heure du déjeuner. Ils se sentent obligés d'évoquer des projets communs, mais savent tous deux que c'est pour sauver les apparences. Quelque chose s'est brisé entre eux ; Macha en a conscience, et elle fait son possible pour aider son amie qui ne sait plus sur quel pied danser. Murielle redoute le jour très proche où Benoît quittera l'hôpital.

De son côté, le jeune homme sait qu'il peut compter sur sa sœur. Pourtant, les recherches de Macha pour retrouver Azza n'ont rien donné. La journaliste est allée à Sisteron, à Forcalquier, mais par manque d'informations, elle n'a pu rencontrer la personne qui est venue dans son bureau, Marine, l'apprentie coiffeuse, qui pourtant, ironie du sort, travaille à moins de cent mètres de l'entrée de l'hôpital où se trouve Benoît.

Bernard Montès rend une dernière visite à son fils avant de partir pour Porquerolles. Les deux hommes échangent des nouvelles ordinaires, conscients d'être désormais un peu plus proches l'un de l'autre. Bernard évoque leurs promenades dans les collines provençales, leurs sorties en mer pour pêcher les maquereaux espagnols.

— C'était bien, la pêche en mer ! déclare Benoît avec des accents de nostalgie.

— Nous y retournerons dès cet été.

Porquerolles surgit dans toute sa lumière lorsque Bernard apprend à son fils qu'il s'y rend pour expédier les affaires courantes. Il ne dit pas, en revanche, qu'il redoute un coup d'éclat posthume de sa sœur. Pour couper court à toute récrimination, Agnès aurait bien été capable de céder la propriété à quelque institution humanitaire. Bernard en crèverait de colère ! Il embrasse toutefois son fils sereinement et quitte la chambre.

Avant de s'embarquer, il appelle sa fille pour l'inviter à déjeuner. Macha s'en montre ravie. Elle se sent réconciliée avec lui et tient à lui faire part de certaines choses avant l'ouverture du testament de la tante Agnès, si toutefois cela est possible, puisque la carte de Benoît demeure manquante.

— Nous sommes le 19 décembre, dit-elle alors qu'ils ont pris place tous les deux à la table d'un bon restaurant proche du Vieux-Port. Il ne reste que cinq jours avant l'ouverture du coffre.

— J'ai beaucoup réfléchi depuis qu'on a retrouvé Benoît mourant dans sa grotte, déclare Bernard. Rien ne vaut la vie d'un homme. Je respecterai les volontés d'Agnès, mais ça me ferait mal au ventre que la propriété sorte de la famille.

Macha hésite avant de parler, puis se lance :

— Nous en avons parlé avec Benoît. Si la tante Agnès nous a désignés comme ses héritiers, tu pourras vivre à Porquerolles et gérer le domaine en notre nom. La seule restriction, c'est que Virginie et Arnaud n'y mettent jamais les pieds.

Le serveur vient prendre la commande. Quand il s'éloigne, Montès rétorque :

— Ce que tu me demandes est impossible. Virginie est ma femme, et Arnaud reste mon fils, quelles que soient ses frasques.

— Alors il n'y a pas d'arrangement possible, affirme Macha d'une voix ferme.

Le repas se poursuit en silence, chacun campant sur ses positions, et ils se séparent avec le sentiment d'être brouillés pour de bon. Si la recherche de Benoît les avait réunis, cela n'aura été qu'un intermède, une brève parenthèse, car Virginie restera toujours entre eux.

Macha rentre chez elle très en colère. Il lui semble que son père renie sa première famille au profit de la seconde, et cela lui est insupportable. Virginie et Arnaud n'ont rien à voir avec Porquerolles où ils n'ont jamais passé de vacances. Seuls les jumeaux gardent un souvenir du vieux

Georges et représentent la continuité de la famille et du nom.

La carte restée dans une grotte perdue sous la neige remet tout en question. Benoît, qui se prépare à sortir de l'hôpital, est pessimiste.

— Sans Azza on ne peut rien faire. Personne à part elle n'est capable de retrouver la grotte, surtout avec la neige qui ne cesse de tomber. Et puis, comment y aller sans hélico ? La partie est perdue. Je ne sais pas ce qui est prévu dans ce cas...

— Peut-être existe-t-il une troisième carte, une copie qu'Agnès aurait confiée à quelqu'un d'autre sans le dire ? ose Macha.

— J'en doute !

— C'est pourtant l'ultime espoir.

Le matin du 24 décembre est gris, pluvieux et triste. C'est une de ces journées de fin d'année si peu lumineuses que le ciel tombe dans la mer et que l'on n'a envie de rien sinon de rester chez soi, de préparer Noël et le jour de l'an pour enterrer rapidement l'année agonisante et faire place à la nouvelle, pleine des espoirs déçus par la précédente.

Virginie Montès a attendu que son mari soit sorti pour téléphoner à M. Lombiert. Depuis plusieurs jours, elle le harcèle, mais il n'a toujours pas fini d'éplucher les comptes se rapportant à la vente de Porquerolles.

— Je vous ai payé pour quoi ? Je vous attends à la BNP pour présenter votre rapport.

— J'y serai, répond le détective, sûr de rien.

À l'intérieur de la vaste salle de la BNP, outre les clients qui se pressent aux guichets, plusieurs personnes, dont le directeur de l'agence, font les cent pas en attendant l'arrivée de Me Legerrot. Bernard Montès reste seul près de la porte d'entrée, le visage fermé, visiblement de mauvaise humeur : il a l'impression que Porquerolles va lui échapper pour de bon. En retrait, Virginie, vêtue d'un manteau beige, son sac noir à l'épaule, se tient près de la fenêtre, comme absente. Elle surveille les allées et venues dans la cour. M. Lombiert n'est toujours pas là ! Elle trépigne d'impatience, soupire, se ronge les ongles.

Les jumeaux marchent de long en large dans la pièce. Arnaud arrive, mal rasé, la veste chiffonnée. Il a fini par avouer être le chauffard qui a renversé la petite Caroline à Roquefort. Le juge Paulan a décidé de le mettre en préventive en attendant le procès. Virginie court embrasser son fils, qu'elle garde serré contre elle, et s'étonne de sa tenue.

— On m'a donné une permission jusqu'à midi ! explique-t-il en se tournant vers son père, puis, revenant à sa mère, il lui souffle à l'oreille : Alors, où en est-on ?

— J'attends Lombiert, répond Virginie. Et je crois savoir que les jumeaux n'ont pas la carte.

Macha et Benoît échangent un regard curieux. Que fait Arnaud ici ? Qui l'a convoqué ? Ils n'ont pas le temps de se concerter : Me Legerrot entre, accompagné par son clerc qui porte une lourde sacoche. Le notaire salue Bernard puis se place au fond de la pièce, près d'une porte à côté du directeur de la banque et d'un employé.

— Bonjour à tous, dit Me Legerrot. Nous sommes le 24 décembre 2011. Selon la volonté de Mlle Agnès Montès, nous allons procéder à l'ouverture du coffre dans lequel se trouve son testament. Je vous prie de me suivre à la salle située dans les sous-sols de la banque. Je vous demanderai de bien vouloir signer les uns après les autres l'acte de présence.

— Je proteste, réplique Virginie de sa voix aigre. J'exige qu'on attende M. Lombiert, détective privé, qui a des révélations à nous faire.

— Quel genre de révélations ? demande le notaire.

— La preuve que la vente de Porquerolles était une escroquerie.

— Bon, fait Me Legerrot en consultant sa montre.

Agnès Montès a demandé que son coffre soit ouvert à onze heures. Nous allons donc attendre une dizaine de minutes.

Les regards se fixent sur la grande aiguille noire de l'horloge murale. Virginie s'est rapprochée de la porte pour accueillir le détective qui n'arrive toujours pas.

À onze heures précises, le clerc pose une feuille sur une table et indique à Bernard Montès de signer en face de son nom. Arrivent ensuite Arnaud et Virginie.

— Non, pas vous, madame ! dit le clerc.

— Comment ça, pas moi ? s'offusque Virginie en se tournant vers son mari.

— Pas vous, répète Me Legerrot. La succession ne vous concerne pas.

— Comment ça, elle ne me concerne pas ? Je ne suis pas Mme Montès, peut-être ?

— N'insiste pas, lui dit Bernard sur un ton qui n'admet pas de réplique.

Vexée, Virginie va s'assoir en retrait et boude en surveillant la porte, espérant que M. Lombiert va arriver d'un instant à l'autre, mais la porte reste désespérément fermée.

Quand tous les appelés ont signé la feuille de présence, l'employé de la banque les conduit à la salle des coffres. Macha marche à côté de Benoît, comme cela lui est naturel depuis toujours.

— Et la carte ? Qu'est-ce qu'on fait ? lui souffle-t-elle.

— On verra le moment venu.

L'employé actionne des boutons et des verrous et se dirige vers un coffre, compose un premier code, puis un second, et se tourne vers Bernard Montès.

— Votre carte, je vous prie.

Montès sort de la poche intérieure de sa veste ce qui ressemble à une carte bancaire. L'homme l'introduit dans un lecteur près de la poignée d'ouverture du coffre. Une lumière clignote.

— La deuxième carte, demande le banquier.

Macha et Benoît se regardent.

— C'est que..., bredouille Benoît.

À cet instant, le portable du banquier sonne.

— Un paquet pour M. Benoît Montès, annonce-t-il. De la plus haute importance, me dit-on.

Un employé vient remettre le pli à Benoît qui s'étonne. Sous les regards curieux, il déchire le papier et trouve un cadre.

— Baptiste ! s'exclame-t-il en souriant. Ça me fait plaisir de te voir, vieux poilu ! C'est Baptiste, ajoute-t-il à l'intention de son père. Il vient de loin, il a traversé un siècle tout entier et le voilà ici avec son sourire.

Dans un coin, entre le cadre et la photo, Benoît reconnaît la carte qu'il avait laissée dans la grotte, et voit ce petit mot écrit sur une feuille de carnet : *Baptiste s'ennuyait sans toi. Et puis j'ai retrouvé ta carte. Azza.*

Benoît ne peut cacher l'émotion qui l'étreint soudain. Les larmes aux yeux, il se tourne vers Macha, qui a compris. Il pense aussi qu'Azza a désormais dix-huit ans. Apparemment, elle a réussi à convaincre ses parents de ne pas la forcer à se marier contre son gré. Comme il aimerait la revoir ! Et aussi la remercier. Mais où en est la jeune fille avec Tanguy ?

Le voyant vert s'allume. L'employé de banque tire sur la poignée et le coffre s'ouvre. À l'intérieur, le notaire découvre une enveloppe ordinaire.

— Voici donc les dernières volontés de Mlle Agnès Montès, décédée le 18 mars 2011. Cette lettre a été déposée dans le coffre le 11 février de la même année, en ma présence, et en présence de Me Bonnant, huissier de justice, qui a dressé le procès-verbal. C'est alors que Mlle Montès m'a donné la première carte informatique pour que je la remette à son frère, la seconde ayant été, selon son désir, remise par ses soins à M. Benoît et Mlle Macha Montès.

Il décachette l'enveloppe, en extrait une feuille pliée en quatre et commence :

— *Moi, Agnès Montès, saine d'esprit, apprenant que je souffre d'un cancer du pancréas, décide de formuler mes dernières volontés. Je fixerai ultérieurement la date d'ouverture de ce coffre, qui surviendra dans l'année de ma mort.*

Consciente de l'énorme injustice qui a évincé mon frère, Bernard Montès, de la succession de la propriété de Porquerolles, et connaissant la convoitise de certains membres rapportés de la famille, j'ai imaginé cette procédure peu habituelle afin de m'assurer que tous les intéressés seraient présents à l'ouverture du coffre.

La propriété de Porquerolles sera partagée en trois parts égales et indissociables. Une pour mon frère Bernard, une autre pour Macha, sa fille, et une autre enfin pour Benoît, son fils aîné.

Arnaud pousse un grognement de protestation et se tourne vers son père, qui ne cille pas. Le notaire lève la main pour réclamer le silence.

— Je continue, fait-il. Ce n'est pas tout. *Arnaud Montès, né d'un second mariage de Bernard, héritera naturellement du tiers de la part de son père à la mort de celui-ci. Ne pouvant se dissocier, le bien reviendra en totalité à Benoît Montès, l'aîné de mes neveux, à charge pour lui de dédommager sa sœur d'un tiers de la valeur plus un neuvième et d'un neuvième pour Arnaud.*

Ce dernier a un mouvement de mauvaise humeur. Les jumeaux échangent un regard entendu. Benoît prend la main de sa sœur et la serre dans ses doigts : entre eux, il n'y aura jamais la moindre ombre à cause de Porquerolles. Benoît pense à Azza qui a fait porter le paquet. Où est-elle en ce moment ? Devant la banque, à l'attendre ? Il trépigne d'impatience.

— C'est injuste ! s'emporte Arnaud. C'est un coup monté contre moi !

— Tout est en règle, précise le notaire. Estimez-vous heureux, votre tante aurait pu vous écarter totalement de la succession.

— C'est bien ce qu'elle a fait puisque je n'aurai qu'un tiers de la part de mon père, s'emporte le jeune homme pour bien montrer qu'il a compris. Les jumeaux vont hériter deux fois, une première fois de la tante et une seconde de leur père ! Mais vous oubliez que la tante ne peut léguer ce qui ne lui appartient pas !

— On attend toujours le rapport de votre détective, dit ironiquement le notaire.

— Il va arriver et montrer que Porquerolles n'a jamais été en faillite et que la société Azur l'a rachetée pour une poignée de cerises afin de la revendre à Agnès de manière frauduleuse, puisqu'elle ne l'a pas payée !

— Ce que vous dites doit être démontré ! Pour l'instant, on s'en tient à ce testament.

Le notaire fait signer le procès-verbal à Bernard Montès, puis aux jumeaux. Arnaud, lui, le repousse.

— Je refuse de signer. Je conteste la totalité de la succession !

Il quitte la pièce d'un pas décidé. Dans la salle des guichets, sa mère se précipite vers lui.

— On ira au tribunal ! crie-t-il, au grand étonnement des clients.

— Tu as raison, lui répond Virginie en sortant avec lui. On trouvera le meilleur avocat de la ville !

Mᵉ Legerrot rassure les jumeaux. Pour lui, tout est en règle, et le meilleur avocat de Marseille ne pourra rien changer à cette succession. Tous regagnent la salle des guichets puis sortent sur le trottoir et discutent devant l'entrée de la banque. C'est le moment de se séparer. Benoît ne peut s'empêcher de regarder autour de lui, de dévisager les passants, espérant qu'Azza sera là, tout près, à l'attendre, mais rien ne trahit la présence de la jeune fille qui est pourtant venue apporter Baptiste et la carte.

On s'embrasse. Macha regagne sa voiture, garée à proximité, tandis que Benoît part à pied en direction de son cabinet, tout proche. Bernard, lui, s'éloigne, l'air sombre.

Noël arrive enfin. Murielle a obtenu la permission d'emmener Léa passer les fêtes de fin d'année aux Antilles. Benoît n'est pas du voyage et ne s'en plaint pas. La jeune dentiste a appris qu'il avait passé ses dix jours de cavale en compagnie d'une jeune fille qui ne quitte plus ses pensées. Ils se voient peu, ou alors le temps d'un déjeuner. Sans être formulée, leur séparation est effective. Pas une seule fois Benoît n'a proposé à Murielle de passer la nuit avec lui. D'ailleurs, elle aurait refusé.

Bien que guéri, il n'a pas retrouvé son enthousiasme. Il a repris son travail sans entrain ; ses collègues ne le reconnaissent plus. Il a perdu son sens de l'humour, et s'isole dans son bureau. Où est Azza ? Comment la retrouver ? Plusieurs fois, il s'est rendu à Sisteron, puis à Forcalquier, il a parcouru les rues au hasard, ou encore cherché les immeubles en bordure de la cité dont elle lui avait parlé. Il a même questionné les gens, mais personne ne connaissait Azza. Il a ensuite pensé à Marine, introuvable elle aussi, ne sachant où la chercher. Il s'en veut de ne pas avoir été plus curieux avec Azza.

Ainsi passe le mois de janvier. Le jeune homme lance des appels sur Facebook, mais n'obtient que des réponses fantaisistes. Alors il erre dans les rues, rend visite à sa sœur, invite sa mère à dîner, rongé par une lassitude, une faiblesse qu'il n'arrive pas à surmonter. Une fois seul chez lui, il peut se confier à Baptiste, qu'il a placé sur une commode d'où son sourire éclaire toute la pièce.

Un soir, il rejoint Macha à pied à France 3. Les jumeaux sortent de l'immeuble et se dirigent vers le parking. Ils doivent aller dîner chez leur mère.

— Où en es-tu avec Murielle ?

— Nulle part. C'est fini.

— Tu veux que je te dise ? fait Macha sur le ton de la confidence. Je n'y ai jamais cru.

Près de son véhicule, Macha remarque une personne qui se tient en retrait et lit un journal, la tête baissée. Le cœur de Benoît bondit : ces cheveux noirs qui roulent sur les épaules, cette silhouette et cette façon de croiser les jambes ne lui sont pas inconnus. La jeune fille lève les yeux, de grands yeux noirs.

— Azza ! s'écrie Benoît en se précipitant vers elle.

Il la prend dans ses bras, la serre contre lui sans se soucier des passants qui les regardent.

— Comme je t'ai attendue, murmure-t-il. Je ne vivais plus ! Je ne savais pas comment te trouver !

Azza laisse rouler les larmes sur son visage. Elle croyait sa vie finie, elle croyait que l'homme qu'elle avait choisi ne voudrait jamais d'elle ! Elle sanglote de bonheur.

— Et Tanguy ? lui demande Benoît en souriant, certain de la réponse, qu'il veut pourtant entendre.

— C'est fini, même si c'est un gentil garçon.

Macha s'approche. Le visage de son frère est transfiguré. Benoît ne fait plus attention à elle.

— Comment as-tu pu ne pas me voir ? lui demande la jeune fille. J'étais près de toi, je te suivais dans la rue, je t'attendais à la sortie du tribunal et de ton cabinet. Je ne t'ai jamais quitté !

— Mais pourquoi tu ne t'es pas montrée plus tôt ?

— J'avais peur de te déranger, peur de ta réaction. Je n'étais pas sûre de moi. Je préférais rester dans le doute plutôt que d'avoir la certitude que tu ne voulais pas de moi, tu comprends ?

— Azza, je t'aime ! J'en suis sûr à présent. J'ai eu tout le loisir de le ressentir. D'en avoir la certitude. J'aurais préféré te le dire dans un endroit plus romantique que ce parking, mais...

Macha se sèche les yeux et se mouche.

— Mes parents m'ont récupérée à la sortie de l'hôpital et ont voulu m'envoyer en Tunisie, où mon futur époux m'attend toujours, précise Azza. J'ai encore réussi à m'échapper, et j'ai passé quelques jours à Aix, grâce à Marine qui m'avait trouvé une cachette sûre. Et puis j'ai pensé qu'on ne pouvait pas laisser Baptiste dans la grotte et le froid. Comme le temps était plus doux, je me suis arrangée avec un ami de Marine pour aller le récupérer. J'en ai profité pour rapporter la carte à laquelle tu tenais tant. Depuis le 24 décembre je suis majeure. Je vis avec Marine, mais c'est tout petit chez elle et je ne veux pas abuser de sa bonté. Il faut que je trouve une chambre et du boulot, parce que je compte bien continuer mes études.

Benoît l'attire contre lui et ils s'étreignent longuement. Macha assiste à la scène, émue, quand son portable sonne, la ramenant à sa propre réalité. C'est Guttry, un journaliste du *Provençal*. Il lui rappelle qu'elle a accepté de dîner avec lui un jour.

— Pourquoi pas ce soir ? propose la jeune femme. Je devais aller manger chez ma mère, mais je crois que je vais me décommander.

Elle comprend que sa vie va définitivement changer et qu'elle doit apprendre à vivre loin de son frère...

Benoît s'écarte d'Azza et la contemple avidement. Elle lui sourit avec son air espiègle de gamine effrontée.

— On ne se quittera plus ! dit-il. Loin de toi je ne vis plus, je suis malade !

— Tu te souviens de ce que je t'ai dit un soir, dans la grotte ? Je suis la femme d'un seul homme. Alors fais attention, parce que je suis aussi très jalouse !

Ils s'éloignent, enlacés. Macha les regarde partir, les larmes aux yeux...

Vous avez aimé ce livre ?
Partagez vos impressions sur la page Facebook des Editions Belfond : http://www.facebook.com/belfond

Vous cherchez de nouvelles idées de lecture ?
Recevez notre newsletter Belfond ! Chaque mois, nous vous envoyons un petit guide des nouvelles parutions et actualités de nos auteurs. Et bien d'autres surprises sont à découvrir à l'intérieur...

Pour vous inscrire, rendez-vous sur le site **www.belfond.fr**, et cliquez sur le lien en haut à droite « inscrivez-vous à nos newsletters »

Éditions Belfond,
12, avenue d'Italie
75013 Paris.

Canada :
Interforum Canada, Inc.,
1055, bd René-Lévesque-Est,
Bureau 1100,
Montréal, Québec, H2L 4S5.

ISBN : 978-2-7144-5148-4

*Composé par Nord Compo Multimédia
7, rue de Fives, 59650 Villeneuve-d'Ascq*

Cet ouvrage a été imprimé en France par

à Mesnil-sur-l'Estrée (Eure)
en mai 2013

N° d'impression : 116156
Dépot légal : juin 2013